Giovan Battista Lalli

La moscheide overo Domiziano il moschicida

Canto primo

1

Canto le strane guerre e memorande
Che della gran Moscovia al nobil regno
Mosse a' dì suoi Domizïano il grande
Sol per cagione d'un amoroso sdegno;
E s'il desio che l'ali audace spande,
Giunger potrà di sì grand'opra al segno,
Spero con le mie penne illustre e solo,
A par di voi ch'io canto, alzarmi a volo.

2

Grilli, voi che con chiari acuti accenti
L'aria addolcite ai più cocenti ardori,
E trattenete ad ascoltarvi intenti
Satiri, semidei, ninfe e pastori,
Date forza al mio stil, sì ch'io rammenti,
Fra così degne imprese, i vostri onori:
Siete voi le mie Muse, e da voi intanto
Chieggio, a soggetto tal, conforme il canto.

3

Ne la città fra le città sublime,
Che del gran Tebro siede in su le sponde
E sempre fu maggior che l'altre prime,
Quanto il ciel che le stelle, il mar che l'onde,
Viveasi Olinda, in cui natura imprime
Rara beltà fra trecce aurate e bionde,
Che detto avresti: — Indomita è ben Roma,
Ma sol costei la signoreggia e doma. —

4

Ardea di lei Domizïan, ch'il freno
Reggeva allor del gran romano impero,
E di signor servo d'Amor, nel seno
Nodriva incendio smisurato e fiero:
Ella all'incontro poi non mai sereno
Li mostro 'l guardo, ma sdegnoso, altiero:
Che spreggiando altr'amor, prendea diletto
Sol nell'onor del marital suo letto.

5

Spreggiava tutte le lusinghe, i doni
E quanto egli le ordia d'arte e d'inganni;
E col fren d'onestà, schernia gli sproni
Ch'eran rivolti ai suoi perpetui danni:
Onde è forza ch'ei caggia e s'abbandon

In mar profondo d'amorosi affanni,
E fra l'onde del pianto ei si raggiri,
Mosse dal vento rio de' suoi sospiri.

6
Siede al real palagio assai vicino,
Da forti mura attornïato e stretto,
Emol de' Campi Elisi, ampio giardino,
E di Flora e d'Amor seggio e ricetto:
Ove sovente ei solo e peregrino,
Ne va sfogando il suo amoroso affetto,
Cercando pur se del tiranno Amore
Può, fra quell'ombre, mitigar l'ardore.

7
Quivi ampie strade or lunghe e dritte miri,
Or che di laberinti hanno sembianza,
E di vari e fronzuti arbor v'ammiri
Un essercito intiero in ordinanza,
Che, mossa guerra la sol, fan che ritiri
I raggi suoi nè abbia a ferir possanza,
Fuor che s'alcun dardo solar v'invia,
«Ma caro dardo, aura cortese e pia».

8
Ella movendo la più folta fronde,
Quasi tra l'ombre e 'l sol bramando pace,
Tanta de' rai grazia e virtute infonde
Nel centro oscur, che più diletta e piace;
Danza a le nozze marital gioconde
D'arbori e viti e a l'abbracciar tenace;
E quel soave orror, quell'ombre belle,
Quella notte d'Amore empie di stelle.

9
Appresso i vaghi e leggiadretti fiori,
Parti del ciel quantunque in terra nati,
Tolti al celeste profumier gli odori,
Rendon gli stessi al ciel furti odorati,
E i presi pur là su pomposi onori
Braman che sian da noi visti e pregiati,
Pria che gli accoglia con la man rapace,
Nel commune sepolcro, ora fugace.

10
Sorge nel mezzo, con chiarissime onde,
Leggiadro fonte ch'il giardino irriga,
E scorrendo a baciare i fior, le fronde,
Ne gli errori d'Amor se stesso intriga:
Di porfido è la conca, a le cui sponde
Son due destrieri, e 'n mezzo il cieco auriga

Che di strali di spada e fiamme armato,
Ha l'ali a' piedi e la faretra a lato.

11

De l'onde, altre nel ciel quasi giganti
Ergon l'altera ed orgogliosa cima,
E poscia fulminate e fulminanti
Riedono al centro onde partirno in prima;
Altre hanno voci di organi sonanti,
Con suon ch'empireo e non terren si stima;
Altre col gorgogliar, ch'alto rimbomba,
In un luogo medesmo han cuna e tomba.

12

Or quivi un giorno in su gli estivi ardori
Egli dormia d'ogni dolcezza pieno,
Godendo in sogno i sospirati amori,
E quasi accolto a la sua donna in seno:
A la sua donna cui convien ch'adori,
E ch'a pien regge di sua vita il freno;
Ond'oblïata ogni passata noia,
Tutto era immerso in lieto mar di gioia.

13

Già tranquillate le sue fiamme ardenti,
Le par ch'ella d'amor pianga e sospiri;
E ch'il candido volto e i duo lucenti
Occhi ver lui pietosamente giri;
Par ch'ei tutti le narri i suoi tormenti,
E ch'ella per lui senta egual martiri;
Anzi in raccorlo caramente in braccio,
Lo sdegno in amor cangi, in foco il ghiaccio.

14

Mentre ei deluso d'amoroso inganno,
non finto no, ma vero il sogno stima;
E di gioia ripieno, il primo affanno
In oblio pone e l'aspra doglia prima;
Mentre le man dolci accoglienze fanno
Al caro volto, ov'egli i baci imprima;
Da una schiera di mosche empia e molesta
Punto nel viso, ei si risensa e desta.

15

Come leon, s'altro animale tenta
Torgli la preda ch'in potere egli abbia,
Di sdegno pien contro di lui s'avventa
Con occhi accesi e insanguinate labbia;
Tale il gran paladino allor diventa,
E morde i denti di dolor, di rabbia;
Sorge, sospira, freme, urla, minaccia,

E percote ne l'aria ambo le braccia.

16
Indi sciolta la lingua in mesti accenti,
— O bella Olinda — dice — e cruda insieme,
Come si tosto han dileguata i venti
La gioia mia, la mia fugace speme?
Ma chi con modi indegni e vïolenti
Mi ruppe il sogno, onde il cor dolsi e geme?
Chi quel breve piacer, lasso, mi tolse,
Che darmi Amore amaramente volse?

17
Sogno già dolce, ch'il mio sole amato
Mi dimostrasti nel più cieco orrore:
Paradiso d'amor, porto fidato,
Refrigerio a le fiamme ond'arde il core;
Vita de l'alma e del mio morto stato,
Pace gentil del guerreggiar d'amore:
Ahi tosto fuggi ed io di nuovo scerno
Guerra, morte, ombre, ardor, tempesta, inferno.

18
O d'infami animai sordida schiera,
Disturbatrice ria d'ogni mia gioia,
Non andrai già di tanto altraggio altiera,
Chè tutto il seme tuo farò che moia;
Così vogliamo: rigida e severa
La morte sia; sarem noi stessi il boia;
Noi stessi siam gli offesi: a noi s'aspetta,
E non ad altra man, tanta vendetta. —

19
Precipitoso intanto i passi move
Verso le stanze; e quante intorno mira
Mosche volar: — Non volarete altrove, —
Grida , e co' legni colpi orrendi tira; —
Di man non m'uscirete: e dove dove
Fuggir credete lo mio sdegno e l'ira? —
Ma quelle al volo non sì destre e ratte,
Che solo in dieci colpi una n'abbatte.

20
More quella infelice, ed è primiero
Trofeo del franco e valoroso petto;
More innocente, ch'il sovran guerriero
Non destò già, nè felli alcun dispetto;
ei più divien de la vittoria altiero,
E l'altre siegue con maggiore affetto:
Talchè in ben cento colpi a mano a mano
Quattro n'ha poste fracassate al piano.

21

Una volando ne la man lo punge,
Ed ei cerca d'ucciderla e non puote;
Parte, e di novo poi nel fronte il giunge,
E 'l fronte invan Domizïan percote:
E perché la rimira indi non lunge,
La siegue infollonito; ella riscote
Se stessa, e poi volando agile e presta,
Fa ch'il campione al fin deluso resta.

22

Come fan due talor che d'armi al gioco
Miri schermir con maestrevol arte:
L'un libra il colpo: cede e gli dà loco,
Quasi volando, l'altro in altra parte:
Poi riede velocissimo, qual foco,
E con ardir di disperato Marte
Punge il nemico, e vendicar si crede;
Quel dietro volge a un girar d'occhio il piede.

23

Scampa ella alla fin, poichè dal cieco sdegno
Cauta se stessa, col fuggir, sottrasse:
Ma incontro all'altre volge il duro legno
Con percosse iterate or alte or basse:
Un colpo è tal che quasi strale al segno
Ne rende intorno a sei di vita casse;
È tanto del colpir l'empito atroce,
Ch'in sudor volge il cavalier feroce.

24

Nè però tronca in lui l'usato ardire,
O triegua pone a così strana impresa,
Ch'ovunque il volo il suo nemico gire,
Cerca sempre oltraggiarlo e farli offesa;
De le finestre onde potria fuggire
Gli ha chiuso il varco, ed ogni via contesa;
Onde il meschin moscon pien di sospetto
Sen vola in alto in un drappel ristretto.

25

Indi il campion lo accusa e lo minaccia,
E come vile lo rampogna e sgrida:
— Volgi — gli dice — volgi a me la faccia.
Mosca codarda, scelerata, infida,
Ciurma ch'a tradimento ognor procaccia
Punger altrui, poi nel fuggir si fida;
Ma fia vana per or quella speranza
Ch'a uscir de le mie man sola t'avanza. —

26

Torna ciò detto, a dar novello assalto,
Ma indarno o 'l muro solo a l'aria fiede;
Già salite color son tanto in alto,
Che stolto è ben se d'arrivarle crede:
Spicca egli al fin, qual disperato, un salto,
E 'n giù ripiomba e svolge il destro piede
Con furia tal, che molti giorni poi
Mosse deboli e zoppi i passi suoi.

27

Qual per novella pioggia ir pregno un fiume
Miri, cui 'l proprio sen più non raccoglie,
Cresce lo sdegno nel guerriero, e 'l lume
Affatto affatto di ragion li toglie:
Non serba più d'eroe norma o costume,
Anzi nè d'uom serba pensieri o voglie,
Se non se in quanto gli consuma il core
E di sdegno e d'amor doppio furore.

28

Riede a' lamenti, e dice: — Olinda ingrata,
Per te, lasso, soffro io questi martiri;
Ma ciò tu nulla curi, anzi spietata
Altrove il volto, altrove i passi giri;
Dunque tanta beltade il ciel t'ha data
Per far ch'io viva in lagrime e sospiri,
E perché strali avventi e fiamme ardenti
Ti siede Amor ne' belli occhi lucenti?

29

Sèguito amando ognor cruda bellezza
Di donna che d'Amor fugge l'impero:
Adoro chi mi strazia e mi disprezza
Con volto sempre minaccioso e fiero;
Lasso, e quanto è maggior la sua fierezza,
Più cresce il foco ond'io languisco e pero;
E sol per crudi fulmini d'Amore
Le servon gli occhi a saettarmi il core.

30

Che giova a me, che tributario il mondo
Con ogni atto d'onor m'inchini e serva?
Ch'a me tutto soggiaccia il mar profondo
E mi faccia di perle ampia conserva,
S'ella di servitù mi impone il pondo?
Se non le basta, ohimè, cruda e proterva,
La ferita ch'Amore al cor mi diede,
Che ferir vuol con novi colpi il piede?

31

Lasso, perché di lei, perché mi doglio
D'Amor invan, che dianzi e bella e viva
Me la rappresentò priva d'orgoglio,
Pronta a' miei prieghi e d'alterezza priva?
E perché non son io qual esser soglio,
Verso color da cui 'l mio mal deriva?
Perché non gli apparecchio e stragi e morti,
Se sturbâr la mia pace e i miei conforti?

32

Sì, sì, prendansi l'armi! — E tosto corse,
A quel suo grido, un fedel suo scudiero,
Con un gran balestron da uccider l'orse
O simile animale orrido e fiero;
Sdegnossi il gran campione e disse: — Ahi forse
Non sai ch'ad altra caccia oggi ho 'l pensiero?
Vivan gli orsi, i cinghiali e gli altri mostri,
E sol contro le mosche omai si giostri.

33

Quello stuol colà su che tu rimiri,
Già reo di lesa maestà si trova;
Mira come s'avvolga e si raggiri,
E per uscir di qua faccia ogni prova;
Or mentre io 'l tengo qui prigin, si tiri
In opra un'arma leggiadretta e nova:
Un balestrin, che con minuti strali
Avventi colpi orribili e mortali. —

34

Indi i maggior suoi consiglieri appella,
E gli apre della guerra il suo disegno:
Che lo move a far ciò cagion novella,
E giusta è la cagion, giusto il suo sdegno.
Replicâr quelli: — Ahi cosa indegna e fella
A voi, signor, ci pare, e al vostro regno,
Con atti bassi, illeciti e leggieri
Volger contro le mosche i tuoi pensieri.

35

Per quell'alta prudenza e quel valore,
Che sempre al mondo dimostraste aperto,
Non si arroghi tal macchia al vostro onore,
Non si scemi in tal guisa il vostro merto:
Questo è uno strano, un vile, un brutto umore;
Noi vi parliamo libero e scoperto:
«Lunge l'adulazion, prevaglia il vero
«Ove importa l'onor del sommo impero».

36

Così quelli dicean, ma fur quei detti
Stimol maggiore a le sue fiamme ardenti,
Come gran foco avvien che più s'affretti,
Ma non s'estingua, al gran soffiar de' venti.
— Scuso, — disse, — e perdono i vostri affetti
Che proruppero in detti aspri e pungenti;
Gli scuso sì, ma non però m'appiglio
Al vostro troppo libero consiglio. —

37

Ciò detto e volto a un fido araldo impone
Ch'intimi cruda e sanguinosa guerra
Contro le mosche. — A nulla si perdone
Quanto il dominio nostro gira e serra;
Ciascun ne faccia cruda occisione
Per l'aria, per lo mare e per la terra. —
Disse, e quel, gonfia la sonora tromba,
Con questi gravi accenti al fin rimbomba:

38

— Contro le mosche universale e fiera
Guerra il supremo imperadore intima;
Spieghi ogni capitan la sua bandiera,
Ogni vassallo a più poter le opprima;
Pena anco impone orribile e severa
A chi quest'ordin suo non cura e stima:
A chi non fa di lor cruda vendetta,
A chi le favorisce o le ricetta. —

39

A l'estranio decreto inarca il ciglio
Ciascun che l'ode, e ride e lo beffeggia;
Come talor ride del padre il figlio,
Mentre con sè pargoleggiar lo veggia;
Ma l'istesso gravissimo consiglio,
Quel che dianzi biasmò, commenda e preggia.
«Sì come in corte avvien, ch'a tutte l'ore
«Pigli più forme idolatrando un core.

40

E gli dicono poi: — «Quel che corregge,
«O sire, il suo parere, è più prudente».
Tal noi lo correggem, ch'il caso il chiegge,
Approvando il parer di vostra mente:
«Quel ch'il re vuol, quel ch'a lui piace è legge,»
E stolto è ben s'altri il contrario sente. —
Cessano or tutti i dubbi, come suole
Sparir folt'ombra all'apparir del sole.

41

Ma già la nobil arme era fornita,
D'un artificio a meraviglia bello:
Lunga lo spazio sol di cinque dita,
Con vago intaglio di lavor novello;
Agevol sì nel maneggiar, ch'invita
Con essa a far ognor colpo novello:
Molle è l'arco a piegar, giusta la mira,
E in un momento, ove tu vuoi, si gira.

42

Incurva il balestrino e su v'adatta
L'acuto strale il valoroso arciero;
E come a punto cacciatrice gatta,
S'abbassa e storce taciturno e fiero.
Nelle viscere ad una il ferro appiatta
(Mirabil colpo!) al saettar primiero:
Somma gli astanti al feritor dan lode,
Ed egli altier se 'n pavoneggia e gode.

43

Tanto egli fu nel saettare esperto,
Che vincea certo ogni credenza umana;
E per mostrare il suo valore e 'l merto,
Spesso tirò da parte assai lontana
Delle dita d'un paggio infra l'aperto,
Di cui la man restava intatta e sana,
Con l'arte egregia e col divino ingegno
Di colpir sempre al destinato segno.

44

Qual se predace astor subito assale
Unito stuol di pargoletti augelli,
Or pipilando, or dibattendo l'ale,
Solcano l'aria timidetti imbelli;
Così in sentir l'impetuoso strale,
cercan fuggendo or questi lati or quelli
Le impregionate mosche. Ahi dura sorte,
Viva veder l'inevitabil morte!

45

Raddoppia i colpi il vincitor, ch'avvampa
D'odio immortale, e mai non tira invano,
Ch'or nel sen le ferisce, or nella zampa,
E caggion tutte ad una ad una al piano;
Morsellina, nel fin, soletta scampa
Da quella forte imperatrice mano,
Che si salvò via più de l'altre accorta
Fra commissure della regia porta.

46

Mentre de la prigion libera e sciolta
L'astuta Morsellina al fin si vede,
A cercar del suo re tutta rivolta,
L'aria anelante sbigottita fiede;
Giunta in Campo Vaccin, suona a raccolta
Di quante mosche quivi intorno vede,
E lor conta per ordin l'empia sorte
E delle socie sue l'orribil morte.

47

Intanto il re Raspone in un momento
Anch'ei vi giunse e tutto il caso intese;
Indi ripien di doglia e di tormento,
Dentro a un buco vicino il capo stese;
Forse con arte acciò ch'il suo spavento
Men si facesse a gli occhi altrui palese,
«Convenendo ch'appaia ognor costante
«Un principe negli atti e nel sembiante».

48

O fu perché non li parea ch'a pieno
Mostrar potesse il suo dolor nel volto,
E l'ira ancor, qual tacito veleno,
Gli avea gli accenti e 'l ragionar già tolto.
Così saggio pittor nel proprio seno
Mostrò d'Agamennone il capo involto,
Il cui dolor ne l'altrui menti impresse.
E meglio assai con l'ombreggiar l'espresse.

49

Mosso poscia un sospir che tosto giunse
A svegliar Marte ch'era allor dormendo,
E da la bella Venere il disgiunse,
Disse: — Vadasi in Puglia or or battendo.
— Dite a l'alfiero serpentin — soggiunse, —
Che far contro costui la guerra intendo;
Contro costui che qual pestifero angue,
Par che si pasca sol del nostro sangue.

50

Ben udii poco fa l'empio e superbo
Decreto ch'egli ha promulgato intorno;
Ed or da Morsellina il caso acerbo
Voi stesse udite, e 'l nostro danno e scorno:
Raduni dunque Serpentino il nerbo
Di nostra gente in tutto quel contorno,
E qui 'l conduca e venga egli in persona,
Quanto più resto, a la real corona. —

51

Disse, ed al capo allor diede tre scosse,
De l'intimo cordoglio indizio aperto:
Indi all'offizio imposto Orchin si mosse,
Ch'era tra tutti lor corriero esperto;
Monta a caval su le vicine fosse
Sopra un de' grilli miei di molto merto,
E così forte il buon corrier lo punse,
Ch'in ben sedici salti in Puglia giunse.

52

Passa al salto primier dalla gran Roma
Il nobil grillo al bel castel Marino;
Poscia a Velletri, ch'i più forti doma
Col soave licor del suo buon vino;
E benchè il prema a più poter la soma,
Di Sermoneta al terzo entra al confino,
Indi a Piperno: al quinto a un'osteria,
Che più proprio ospedal detta saria;

53

Col sesto salto al grazïoso lito
Giunge di Mola, e quivi si rinfresca
Parte ad un rio d'un bel giardin fiorito,
Parte d'un grasso arrosto alla dolce esca;
E benchè il luogo sia così gradito,
Ch'al corrier di partir quindi rincresca,
Pur senza aspettar già l'alba novella,
Al gambuto corsier rimonta in sella.

54

Varca al settimo salto oltre l'estreme
Del Gariglian precipitose sponde,
Là dove ei più pericoloso freme,
E sbocca in mar le minaccevol'onde;
Poi Capua attinge, ch'ancor duolsi e geme
Delle ruine sue ch'in seno asconde:
Celebre per valor, Roma novella,
Forte di sito, a meraviglia bella.

55

Con nono giunge a Napoli gentile,
Città delle delizie e de gli Amori,
Ove si gode un sempiterno aprile,
Ed han perpetui frutti eterni e fiori.
Fino alle mosche v'han del signorile,
Che ferno al buon corriero un mar d'onori;
Gli tenner staffa, il regalâr di vini,
Di confetti diversi e moscardini.

56

Beata piaggia, ove dispiega il sole
Più temperato il raggio e più sereno;
Paradiso terren, ch'innate e sole
Dolcezze ascondi entro il tuo regio seno:
Tu col Vesuvio tuo, ch'asconde e suole
Fiamme vibrar, di cui va carco e pieno,
Spiri dall'acqua e dalla terra fiamma
E di gloria e d'amor ch'i cori infiamma!

57

Tu non offende mai l'ombra nè 'l gelo,
Nè con troppo vigor t'aspreggia il verno;
Tu quando col leon lampeggia il cielo,
Placidissime hai l'aure, aprile eterno;
De l'onde tue con fortunato zelo
Amore e Citerea siede al governo,
E con riflesso di scambievol luce,
Te 'l mare adorna e 'l mar per te riluce.

58

Fatti li complimenti e i basciamano,
E cento mila inchini in fretta in fretta,
Il buon corrier quindi partì lontano
Più che il vento veloce o la saetta;
Batte di Puglia il polveroso piano,
E con lo sprone il suo destriero affretta;
Si ch'in sedici salti a punto avvenne,
Ch'alla città di Brindesi pervenne.

59

Brindesi già Brandizio, ov'or volando
Concorron genti addolarate e meste,
Mentre le pon dalla lor patria in bando
Il creditor con cedule funeste.
O dolce asilo, o porto venerando
Delle sbirresche orribili tempeste,
Ov'uom per privilegio in pace siede,
E perso ottien vittoria, a nessun cede.

60

Oh quanti in dure carceri ristretti,
Bramarian di veder mura si belle,
Paesi così rari e benedetti,
Ove siam paghi in non pagar covelle,
Ove nè di citanze i mortaletti,
Nè i capïatur mai toccâr la pelle;
Ove alla barba di Bartolo e Baldo,
Senz'altro sborso, si riceve il saldo.

61

Brindisi bella, s'io m'appongo al vero,
Da te son messi i Brindesi in usanza,
Quasi l'uom dica: Lascia ogni pensiero,
Beviamo allegri e rinfreschiam la panza:
Che se poi il creditor duro e severo
Ci fa da i birri apparecchiar la stanza,
Brindesi abbiamo, Brindesi diletta,
Che quanto più si bee, via più n'alletta.

62

Or quivi spiega Serpentin l'insegna
Di quel famoso regno a lui soggetto,
E de le genti sue mostra e rassegna
Il numero infinito in vago aspetto.
Giunto quivi il corrier, tosto s'ingegna
Spiegar l'ambasciaria con grande affetto:
Per qual cagion il re colà lo manda,
E ciò che da lui vuol, ciò che commanda.

63

Qual, se risplende in ciel crinita stella
Che di strani accidenti annunzio porte,
Curïoso ciascun corre a vedella
Con confuso parer di varia sorte;
Tal corron a sentir l'empia novella
Ch'il romano corriero avvien che porte;
E a tanto avviso se le stringe al petto
Di timore e di sdegno un misto affetto.

64

Ma 'l diligente alfier tosto che sente
L'ordin reale, obedïente e chino
Sovra 'l capo se 'l pone, e incontinente
Fa publicarlo in tutto il suo domino:
Che fra tre giorni in ordin sia la gente
Con l'armi sue per mettersi in cammino,
Per la gran guerra in cui le fia giocondo
Teatro Roma e nobil preda il mondo.

65

Nè solo in Puglia il saggio re Raspone
Spedisce in fretta, ma per mar, per terra
A' suoi più bravi capitani impone
L'incamminarsi a la futura guerra,
Pria che ne venga l'orrida stagione,
Ch'il varco gl'impedisce e 'l passo serra:
Giunti i corrieri, ad obedir s'accinge
Ciascuno e verso Roma il volo spinge.

66

Nè a bada sta Domizïano intanto,
Ch'ogni dì più l'alto valor dimostra:
Dal fier Sanguillo stimolato è tanto,
Ch'esce al fin seco a corpo a corpo in giostra;
Sanguillo ha tra le mosche il primo vanto,
E con tutte l'ardir gareggia e giostra,
Sì che dal re chiamato a sommo onore,
Fatto era duca e colonnel maggiore.

67

Questi voglie di gloria alte e superbe
Ritenne sempre e nutricò nel seno,
E sol godea fra le contese acerbe
Spirando dalle luci odio e veleno:
Sì disse audace: — A me fia ch'il ciel serbe
Stender morto il fellone in su 'l terreno,
e troncarò quel male ordito stame
Io solo, io solo, a singolar certame:

68

Poscia quel franco lottator, che ratto
L'ardite mano su l'arena stende,
L'aggira e intorce in minaccevol atto
E se medesmo a la gran pugna accende;
Tal questo fiero animaluccio fatto,
Le zampe aguzza e più forbite rende,
E 'l capo inchina, e sembra dir: — Ti sfido,
Nè temo io già del tuo valore il grido. —

69

A questo il forte domator de' regni:
— Qual follia, — dice, — e temerario ardire,
O vil nato animal, fa che disegni
Meco cozzar, meco a duello uscire?
Ma presto provarai com'io t'insegni
Quel che sia meglio: il vivere o morire;
Benchè il morir fia vita e lieta sorte,
Mentre sì nobil man ti darà morte. —

70

Replica quel: — Sarei di vita indegno,
s'abbassar non potessi a te l'orgoglio:
Vincer non puoi; ben puoi crescer lo sdegno
Con le minacce tue che in seno accoglio.
Stolto che sei, ben perso hai tu l'ingegno;
Benchè nemico, io del tuo mal mi doglio;
Mancano imprese a te, che guerra prendi
Contro noi mosche? Or qual trofeo n'attendi?

71

Là tra' Germani e nella Scizia algente
Volger l'armi dovresti ardito e fiero;
Poichè ben sai che quella infida gente
Spreggia ora il fren del gran romano impero,
E ribello è, tu 'l sai, verso orïente
Tanai, che diè tributo al Tebro altiero,
Mestula e la Meotide palude,
E quanto il mar Sarmatico rinchiude.

72

Forse perché tra questi il Moscovita
Il tuo sì gran dominio anch'ei disprezza,
Vuoi de le mosche insidïar la vita,
Vuoi contro lor mostrar la tua fortezza;
Ma trovarai la nostra gente ardita
Più che non credi, e di maggior fierezza;
E come gran follia t'ha qui condutto,
Tal mieterai, qual seminasti, il frutto.

73

Già 'l veggio, a te darà, s'io non m'inganno,
O perdita o vittoria infamia eguale:
Il perder nostro a noi fia picciol danno,
Il vincer poi ci fia gloria immortale;
Ben le tue genti e i consiglieri il sanno,
Che t'han per zucca senz'agresta e sale;
Chè mentre muover guerra a noi procuri,
L'alto splendor del grande impero oscuri.

74

— Ah, — soggiunge il campion, — del tuo linguaggio
I paurosi accenti io ben intendo;
So che temete: torna al tuo vïaggio,
Ch'a te, per pietà, la vita rendo. —
E quello: — Menti, ch'io timor non aggio! —
E gli diè in faccia un bacio aspro e tremendo:
Bacio fiero e crudel, bacio mordace,
Nunzio d'espressa guerra e non di pace.

75

A quel parlar così superbo e fello,
A quel saluto inusitato e strano,
Versa da gli occhi quasi un Mongibello
D'accese fiamme il cavallier soprano;
Contro 'l nemico poi lancia il cappello,
Non avendo in quel punto altr'armi in mano:
Il cappel, ch'al moscon cadendo sopra,
Avvien ch'in guisa di prigione il copra.

76

Poi dice: — Ah, dove va, dove s'asconde
Il mio nemico, che di vincer crede
Co' tradimenti, e 'l guerreggiar confonde
Ne la fuga leggiero e ne la fede?
Almen con voci supplici e faconde
Cercato avesse addimandar mercede
O sottoporsi audace al ferro ostile,
Non darsi in fuga effeminato e vile. —

77

Benchè intrepido sia, benchè feroce,
Prende, se non ti more, almen sospetto
Sanguillo di finir con morte atroce
I giorni suoi ne la prigion ristretto:
Ma fortuna, che suol presta e veloce
Porger soccorso a un valoroso petto,
Fa che là dentro il cavallier no 'l vede,
E che fuggito sia lunge si crede.

78

E poi ch'invan l'ha ricercato intorno,
Prende il cappello; ah misero, che fai?
Vedrai 'l tuo danno or ora e 'l proprio scorno:
Quel che cerchi, hai prigione, e tu no 'l sai;
Ecco ch'ei sbuca, e gode il sole e 'l giorno
E l'aria aperta e i luminosi rai;
E tardi te n'accorgi, e pien di rabbia,
Miri lui, miri 'l ciel, mordi le labbia.

79

Quei poi ripiglia: — O nobile campione,
Troppo m'onori tu, ch'a pugna vieni
Col capo ignudo, e mentre m'hai prigione,
Senz'altra offesa a l'ombra mi trattieni;
Oh cortesia, che senza paragone
Con gli stessi nemici anco mantieni!
Degna è di te, d'un tanto cavalliero,
Che tien lo scettro del romano impero. —

80

Così 'l beffeggia, e una gran lancia arresta,
Ch'un suo paggio tenea, d'aco pungente;
E 'l sommo imperador, dove la testa
Col ciglio parte, fiede acutamente;
Versa sangue la piaga aspra e molesta,
Sì che ne geme il cavallier dolente;
A cui con novi colpi ambo le gote,
Gli occhi, 'l mento, la man punge e percote.

81

La prima piaga è già ridotta in mille,
Le mille piaghe son ridotte in una,
E tante versan sanguinose stille,
Che qual sorgente rio scorre e s'aduna;
Poi che tanta vittoria al fin sortille
Molto più 'l valor suo che la fortuna,
Per girne al campo il buon moscon s'invia,
Ma novo intoppo a lui tronca la via.

82

Già le turbe che sempre in guardia stanno
Del sommo imperadore, eransi accorte
Ch'ei tutto sanguinoso e pien d'affanno,
Era quasi oramai vicino a morte;
E a vendicar l'alta vergogna e danno,
Contro il fiero Sanguillo eran già sorte,
Già per fare a una mosca orrida pugna
Mille e mill'aste il lor furore impugna.

83

Chi di qua, chi di là senza ritegno
L'asta rivolge e ad infilzarlo aspira,
Ed egli usando il naturale ingegno,
I colpi schiva e la gran sala aggira;
Aggiunge i premi ad irritar lo sdegno,
Domizïan, de' suoi soldati e l'ira:
S'avvien ch'un, morto o vivo, l'appresenti,
Ch'abbia di taglia vuol mille talenti.

84

Fulmini l'aste all'ora, orribil tuoni
Furon le voci, e fur lampi li sguardi
Di quei spirti feroci, aggiunti i doni
Ch'i più vili san far pronti e gagliardi;
Quindi d'onor, quindi poi d'oro i sproni
Li fan veloci più tigri o pardi;
Li fan tanti leoni, orsi o se cosa
V'è più orribil, più fera e mostruosa

85

Parte con ciechi colpi avventar miri
L'aste senza di guerra ordine o legge;
Parte d'intorno avvien ch'i lumi giri,
e là colpisca ove 'l nemico vegge:
Ma chi potria contar come s'adiri
Ciascun di loro e 'n mar di rabbia ondegge,
Mentre di guerrier tanti unito stuolo,
Non ponno soggiogare un moscon solo?

86

Sol Coradino, un ch'è di cor più forte,
Più gagliardo di man, d'occhio cerviero,
Riduce il mio Sanguil vicino a morte,
E quasi va di sua vittoria altiero:
Ma benchè in testa lo ferisce a sorte,
Pur cade il colpo debole e leggiero,
Nè la virtù di lui punto fu mossa,
Tanto agil fu, da quella empia percossa.

87

Superò al fin gl'intoppi, e dense e folte
L'aste interruppe, e penetrò tra quelle
Genti, che la sua traccia a seguir volte,
Empiono il ciel di strida e l'auree stelle:
Passa la reggia, e ne l'uscir tre volte
Fiede l'uscier d'aspre percosse e felle;
Così vince una mosca; il re tra 'l sangue,
La turba tra lo scorno e 'l sudor langue.

88

Strana disavventura intanto avvenne
Ad un drappel di mosche, ahi fiera sorte!
Ch'in un volo unguentato a por si venne
D'una dama gentil di quella corte;
Qui suggean solimato, e al cor pervenne,
E lor diè cruda inaspettata morte;
E morendo diceano: — Incauti amanti,
Prendete essempio voi da' nostri pianti.

89

Così sovente inorpellar veggiamo,
Piene d'empio velen, vivande immonde;
Tal corre pesce frettoloso a l'amo,
Nè vede ch'ivi esca mortal s'asconde;
Tal semplicetto augel di ramo in ramo
Volando gira infra le verdi fronde,
E al dolce suon d'un ingannevol fischio,
Resta miseramente accolto al vischio.

90

Così tra' fiori ascosti i serpi stanno,
Sono i favi del mel d'artigli pieni;
Così ecco veggiamo occulto inganno
De le donne ne' visi almi e sereni;
Finto è quel dolce se dolcezza danno,
E furto fan mentre da lor ottieni,
Chè s'ottien piacer breve e rubban poi
E l'alma istessa e 'l fior de gli anni tuoi.

91

Misere noi! Ma chi creduto avria
Frodi in quel viso colorito e bello,
E ch'ivi morte, dove amor copria,
Tenesse ascosto il simulato e fello?
«Son brutte donne cosa al mondo ria,
«Orridi mostri sotto uman mantello:
«Son feccia vile, son l'istessa peste,
«Mentre voglion parer l'arco celeste». —

Il fine del primo canto.

Canto Secondo

1

La bella armata moscareccia intanto
S'invia veloce a soggiogarti, o Roma,
Nè la spaventa il tuo gran nome e vanto,
Che di tanti trionfi orni la chioma;
Vincitrice del mondo, ardisti tanto,
E dalle mosche or sarai vinta e doma;
Poi ch'il tuo imperador tanto vaneggia,
Ch'a spada tratta contro lor guerreggia.

2

Potrei più tosto numerar l'arena
Ch'il mar d'Atlante e l'Ocean circonda,
Che lo stuolo infinito ond'è ripiena
L'aria e di nuovo d'ogni loco abonda;
Copre del ciel la luce alma e serena,
E vieta al sol ch'i raggi suoi diffonda,
Al sol, che quasi in nero ecclisse involto,
Empie il tutto d'orror tenace e folto.

3

De le città, de i borghi occupan tutti,
Fiere e mordaci, in arrivar le mense:
Di gustar pane, o carne, o vini, o frutti,
Od altro, pria di loro, alcun non pense:
Tal da soldati i popoli ridutti
Vidi in un regno fra gravezze immense;
Chè più importuni son, quanto più tenti
D'empirli e saziar la borsa e i denti.

4

Ma giunto il campo, il saggio re raduna
De le mosche più sagge il gran consiglio,
Ove vuol che sia libero a ciascuna
Parlar in caso di sì gran periglio;
Egli cui la virtù, più che fortuna,
Pose nel soglio, in maestevol ciglio,
Mentre tengono in lui le luci fisse,
Sciolse la dotta lingua, e così disse:

5

— Volanti squadre, che da pigri errori
Scotete ogni animal ch'alberga in terra,
Voi nemiche de l'ozio, a voi d'onori
Largo esser dee quanto il sol gira e serra;
Qui vi trass'io per infiammarvi i cori
A la vendetta di sì cruda guerra,

Che, misere, il sapete, a tutta possa
Il crudo, il fiero imperador ci ha mossa.

6

Il seggio imperïal tutto si vede,
O fidi miei, del nostro sangue asperso:
Del nostro, dico, ch'è ciascuno erede
Di padre, o figlio, o d'altro tal c'ha perso:
De l'altre il fin, che sono orribil prede
Di lui nella prigion, non fia diverso,
Chè dopo molti strazi avran da l'empio
Morte più ria con miserando scempio.

7

Cadrà del nostro seme un regno intero,
E, quel ch'è peggio, invendicato resta?
Ahi, ciò non fia! Provi il crudele e fiero
Per noi quel mal ch'a' danni nostri appresta;
Su, su, ciascuno (ed io sarò primiero)
S'avventi a la superba infame testa,
E 'l nostro ardir, co' morsi aspri e pungenti,
Opri sì che l'uccida e lo tormenti.

8

S'altri è d'altro parer, dical sicuro
Con ragion vive, e cel dimostri aperto. —
Sorse Brunello allor, d'età maturo,
Primo di Stato consigliero esperto,
E disse: — O re, se non v'è grave e duro
Ch'io vi ragioni libero e scoperto,
Dirò, ma non s'ascriva a vil timore,
Quel che mi detta e providenza e amore.

9

«Deve talora un lieve e picciol danno
«Dissimular principe accorto e saggio,
«Mentre i popoli suoi forze non hanno
«Che sian bastanti a vendicar l'oltraggio;
«Chè se cieco furon con falso inganno
«Di ragione gli offusca il chiaro raggio,
«Tardi si pente, e tardi piange al fine
«De' suoi vassalli l'ultime ruine.

10

Come potran le nostre forze opporsi
A imperador sì forte e sì possente?
E s'ei non teme i fier cinghiali e gli orsi,
Ma ne fa strage orribile e dolente,
Temerà forse le punture e i morsi,
Deboli (il dirò pur), di nostra gente?
Ch'inesperta a la pugna, a l'armi inetta,

Avrà del folle ardire aspra vendetta.

11

Tal col fiero leon prender già volse
L'orecchiuto asinello aspra contesa;
Ed egli al primo incontro a terra il volse,
Chè non valse schermirsi o far difesa;
Nel chiuder gli occhi, aprilli, e 'n van si dolse
Della sua folle e temeraria impresa,
E diede essempio altrui da frenar l'ire,
Nè mai sovra le forze erger l'ardire.

12

Chi gl'inganni de l'uomo e chi le tante
Stratagemme non sa ch'egli usa in guerra?
Odi il tamburro orribile e sonante,
Che sol col suono, ohimè, stordisce e atterra;
Odi l'altera tromba e vigilante,
Quanto spavento in sè rinchiude e serra,
E col rimbombo suo chiaro e sublime,
L'alto valor de' combattenti esprime!

13

Chi delle mine sotterranee il seno,
Dimmi, conoscer può? Chi le profonde
Fosse, ond'esala e scocca in un baleno
Ruina tal ch'il tutto arde e confonde?
Chi l'arte di mischiare empio veleno
De' correnti cristalli a le fresc'onde,
Ove 'l nemico per temprar l'ardore
De l'empia sete, ne languisce e more?

14

Ahi quanto porge poi danno e spavento
Nera — funesto annunzio! — iniqua polve,
Che dal cavo di bronzo empio istrumento
Il tuono e la saetta orribil solve!
Emula par di Giove, e in un momento
D'orrore il tutto e di ruina involve;
Pria ferisce che tuoni, ed a quel crudo
Suo colpir non vi giova elmo nè scudo.

15

Dunque non lodo io punto che s'imprenda
Guerra sì perigliosa e disuguale,
Ma con onesto modo omai s'attenda
A fuggir maggior rischio e maggior male;
Vostra gran Maestà la cura prenda
Il nemico quietar con patto eguale,
E fra noi intanto si sospendan l'armi:
Questo util più, più convenevol parmi. —

16

Ma il consiglier Fierin con fiero aspetto
Sorse audace, e proruppe con tali accenti:
— Sovrano re, se nel tuo nobil petto
Fusser semi d'onor languidi e spenti,
Io temerei del timoroso affetto
Onde avvien che vil lingua altrui spaventi,
E cerca indurti a far, contro il tuo stile,
Decreto a noi poco onorato e vile.

17

Ma 'l tuo valor m'è noto, e così spero
Ch'a seguitar l'incominciata impresa
Terrai sempre, o signor, fermo il pensiero,
Se de l'onor punto ti cale o pesa;
« Rende il nemico imperïoso altiero
« Il sopportar con gran viltà l'offesa;
Così farà strage più cruda e dura,
Se l'antica da noi nulla si cura.

18

Nè ch'egli sia sì coraggioso e forte
Dee cagionar viltà ne' nostri petti,
Perché gloria maggior fia che n'apporte
Render sì fieri popoli soggeti;
«Poco onor porge il dar ferite e morte
« Agl'inimici fuggitivi, abietti;
« Bella, il contrasto, la vittoria rende,
« E fra il rischio il valor lampeggia e splende.

19

« Non può quegli a ragion chiamarsi forte,
« Che non sa in guerra o vincere o morire;
« Spaventa i cori feminil la morte,
« E chi più a l'ozio, ch'a la gloria aspire:
Or se vittoria tal ci è data in sorte,
S'incontri pur con generoso ardire;
Nè vi caglia, s'un sol guerra rifiuta,
« Ch'opprime il vil fortuna, i forti aiuta.

20

E se bene costor soglion gonfiarsi
D'esser grandi, sublimi, esperti in guerra;
E, noi schernendo, ardiscono vantarsi
Ch'un minimo di lor mille n'atterra:
Pur (s'a l'alte del ciel cose agguagliarsi
Ponno le cose della bassa terra)
Caddero al fine deboli e tremanti,
Nel mover guerra ingiusta, anco i giganti.

21

E, quel che molto importa, io mi consolo
Che non arem da guerreggiar con molti:
La guerra nostra è con quest'uomo solo,
S'uom può chiamarsi un c'ha pensier sì stolti;
Contro di lui drizziam pur l'armi e 'l volo
E i nostri assalti impetusi e folti,
Chè con l'uccider lui la guerra è vinta,
E prima fia, ch'incominciata, estinta.

22

E chi è non speri l'inimico stuolo
Render in tutto agevolmente essangue,
Se bastò per ferir, Sanguillo solo,
La guardia e 'l re ch'ancor ne geme e langue? —
A questo dir tutte s'alzorno a volo,
E gridâr giuntamente: — E guerra e sangue,
O re, vogliam! del costui sangue ingordi
Noi siam, non d'altri indugi o d'altri accordi.

23

Così di guerreggiar si rinovella
Il gran decreto e ne va 'l grido intorno;
E 'l re nell'apparir l'alba novella
La mostra indice a tutto il campo adorno;
Non v'è alcun capitan ch'impresa bella
Seco non porti, in vilipendio e scorno
Del campo imperïale, e non dimostri
Ch'ogn'un di loro arditamente giostri.

24

Da scudier quattro se ne vien primiero
Portato al campo il re superbamente;
Elmo d'or sottilissimo, leggiero
Ha sovra 'l capo e quasi fiamma ardente;
Siede ed in man porta lo scettro altiero,
Col motto impresso d'or puro e lucente:
«Or chi non cede alla mia gloria immensa,
S'a' i sommi regi ancor precedo a mensa?»

25

Todesco fu il gran maestro il qual compose
Questo scettro real con sì bell'arte,
Ch'avanza tutte l'opere famose
Scritte da prische o da moderne carte;
E quel gran fabro che l'*Iliade* ascose
In un guscio di noce a parte a parte,
Confessarebbe da se stesso aperto,
Ch'è di quest'opra assai maggiore il merto.

26

Porta l'alfier di Puglia eccelsa insegna
Di scorza di cipolla altera e grande,
Ove il ciel con Atlante si disegna,
Che 'l sostien con le forze alte ammirande;
Indi un moscon, ch'a suo poter s'ingegna
Punger del corpo suo tutte le bande,
Col motto: «Ferma! Io cedo, io ti confesso:
Più mi sei grave tu ch'il cielo istesso».

27

Siegue poi di Sicilia il capitano,
Con dieci milïon di mosche elette;
Vincitore ei si chiama, e porta in mano
Scudo di varie tempre assai perfette:
Qui si pugna, ed al fin cade, ahi caso strano!
Un toro con due mosche maledette,
Col motto: «Or qua rimira, e in te ritorna,
Tu che superbo al cielo ergi le corna!»

28

Vien poi d'Insubria un valoroso e forte
Moscon, che ti rassembra ampio gigante;
L'asta impugna costui che sfida a morte
Con quel suo formidabile sembiante;
Ha sette milïon di mosche accorte,
Nate su l'Alpi, onde movea le piante;
Scannaleone è 'l nome, e 'l nome istesso
Porta nel fronte il suo valore espresso.

29

Mostra l'asta un leon che con la zampa
Torsi una mosca vuol che gli consuma
Ora l'occhio or la bocca, e d'ira avvampa
Ch'un sì vile animal tanto presuma.
Versa da gli occhi quasi accesa lampa
Di foco e dalle fauci e rabbia e spuma:
Indi il motto si legge: «Or chi non vede
Il mio poter, s'anco il leon mi cede?»

30

Martinel di Romagna di zenzale
Numero fiero e innumerabil guida;
Ch'ha picciol sì, ma sì pungente strale,
che l'uom consuma e quasi a morte guida;
Nel notturno terror dispiega l'ale,
E nel placido sonno a guerra sfida;
Empio nemico ch'a lo scuro offende,
Traditor da cui l'uom mal si difende!

31

Ha questi per impresa il sol cadente
E le mosche in gran copia al sol seguaci:
Poi squadre di zenzal', che la sorgente
Notte accompagnan quasi accese faci;
E perché guerra fanno alternamente
E di giorno e di notte empie e mordaci,
«*Divisum imperium*», suona appresso il motto,
Ch'il compose un moscon famoso e dotto.

32

Sanguinaccio, l'orribil di tafani
Gran capitano, se ne viene appresso;
Questi non punge, no, sembra che sbrani
Quel misero animal ch'ei tiene oppresso,
Ed è nulla, appo 'l suo, de' fieri cani
L'acuto dente in maggior rabbia impresso;
È del leon, del formidabil orso,
Rispetto a questo, men rabbioso il morso.

33

Ei dalle macchie e da gli orrendi boschi,
Ove raggio del sole unqua non luce,
Famelico, digiuno e pien di toschi
Il tafanesco essercito conduce;
Mordace ha bocca, occhi sanguigni e loschi,
Pieni d'infausta e tenebrosa luce;
E, qual egli è, tal è tutta sua gente
Feroce, formidabile, insolente.

34

Questi porta un destrier, che col nitrire
Par che l'aria percota e sfidi a guerra;
Ma le punture non può già soffrire
D'una sol mosca ch'al ventron l'afferra:
Scote ora il capo disfogando l'ire,
Or col superbo piè calca la terra;
E 'l motto è tal: «Come animal sì fiero,
Così domar Domizïano io spero».

35

Altri un cagnol che cerca, aprendo il muso,
Una mosca afferrar ch'assai l'offende;
Ella or s'abbassa ed or, secondo l'uso,
Il volo intorno a lui per l'aria stende;
Ei disperato abbaia, e volge in suso
Sgrignando i denti, e vinto al fin si rende;
V'è poscia il motto: «Abbaia pur se sai,
Roman mastin, che perditor n'andrai».

36

Da l'altra parte il nostro duce appresta
Arme diverse; e pria, di scudo in vece,
Leggiadra ventarola e d'or contesta,
Con cui schivar l'ostile empito lece:
Soda è così, che nel girar di questa,
Sovente a terra gir molte ne fece;
Mirabil arme, con cui gli è concesso
E schermire e ferire a un temo istesso.

37

Di forte cuoio nobilmente eletta
L'altr'arme fu cui fregio d'or circonda:
Si ravvoglie qual serpe, e tal vendetta
Fa, che il terren tutto di sangue inonda:
Romoreggiar, ferir, quasi saetta,
Suole e far piaga orribile e profonda,
Simile allo staffil che tarda greggia
Di schiavi sibilando in mar correggia.

38

Di spada in vece al real fianco impone
Ferrata mazza che ben cento e cento
Acute punte in su la cima espone,
Qual da purgare il lin vago stromento;
Tal disegnolla, acciò lor sia cagione
Di fiera morte e di più rio tormento:
Tanti nemici, quant'ha punte, uccide;
Ma stentan prima: ei se 'l vagheggia e ride.

39

Qual forse un tempo a null'altro secondo
Pugnava Achille impetuoso e fiero;
O quel che resse delle stelle il pondo,
Ove 'l Maüritan sudò primiero;
Qual Alessandro, che d'un solo mondo
Nulla al gran valor suo stimò l'impero:
Tal move il mio campion percosse orrende;
Sgrida, incalza, trafigge, incide e fende.

40

E s'elle talor poi lievi e volanti
Si sottraggono a i colpi, e l'aria fiede,
Onde quasi schernir da' riguardanti
Il suo vano colpire egli s'avvede,
Volge per rabbia accesi e sfavillanti
Gli occhi, fremo co' denti e sbatte il piede,
getta spreggiate l'armi sue da lunge,
E dolore, e vergogna il preme e punge.

41

Intanto il re moscon, ch'avea ben pronte
L'alate schiere a guerreggiar disposte,
Il nemico assalì, che nudo a un fonte
Per ricrearsi avea le membra esposte:
Ei che tai forze non avea ben conte,
Visto apparir così terribil oste,
Smarrisce tutto, ed il timor gl'invola
Incontinente il senso e la parola.

42

L'importuno animal par che non tocchi,
e pur fa colpi inusitati e strani;
E congiurato gira intorno a gli occhi
Con darli morsi orribili da cani:
— Ohmè, questi son altro che finocchi! —
Dicea il meschin menando ogn'or le mani;
Ma non potea schermir con tanta fretta,
Ch'il sentia sottoentrar quasi saetta.

43

Già gli è tolto il mirar la luce e 'l sole,
E circondato è già da capo a piedi;
Corpo non pare ei più d'umana prole,
Ma un mar di mosche, un negro mostro il vedi;
Non ha qui chi l'aiute o lo console,
Non ha qui da ferir saette o spiedi;
Pur molte con la mano egli n'afferra,
E nudo ancora e sol sostien la guerra.

44

Fra quei ch'a lo schermirsi egli n'acciacca,
Vi restò morto il nobile Sanguillo,
Pizzica, Magnacascio e Magnavacca,
Fasciolin, Pennacchin, Vario e Morsillo,
Malandrin, Vinciguerra, Orlino e Spacca,
Mordentino, Dentale, Orso e Cangrillo:
Capitan tutti di valor, di stima,
Degni d'elogi e di più dotta rima.

45

Gli altri poi che morir di minor grido,
In modo alcuno annoverar non lice,
S'annoverar non vuoi l'onde ch'al lido
Rompono in mar di Borea all'ira ultrice.
Cerca ei talor con doloroso strido
Fugar quei mostri, misero e infelice;
Ma vano è 'l grido, e quei via più pungenti
Sono, ancorchè senz'osso abbiano i denti.

46

Mirabil gusto certo era a vedello
Balzar per aria e raggirarsi intorno,
Facendo il passo e mezzo e 'l saltarello,
Qual sole il caprio a l'apparir del giorno;
E con questo saltar credea in bordello
Mandar le mosche, e farne oltraggio e scorno;
Ma intanto era da lor via più percosso,
Con farli sempre la moresca addosso.

47

Tal miri spesso un che, bendati gli occhi,
In ampia sala spazia e si raggira,
Contro cui di percosse avvien che fiocchi
Un nembo, e contro i percussor s'adira;
Sent'ei ben le battute, ma chi 'l tocchi
Veder non puote; or erra, or si ritira:
Or distende le braccia, or fermo stassi,
Or move a caso e furibondo i passi.

48

I servi intanto da la regia soglia
Udir del signor lor gli aspri lamenti;
E colà corser tosto, ove di doglia
Lo trovâr circondato e di tormenti;
E in veder che ripiena avea la spoglia
D'un mucchio di mosconi empi e pungenti,
Per fuggir disarmati un rischio tale,
Si fuggîr quindi quasi avesser l'ale.

49

Indi preso tra lor saggio consiglio,
Di mascare bellissime i lor volti
Coprîr sì, che potean senza periglio
Entrar dove i nemici erano più folti.
Allor di qua di là cresce il bisbiglio,
E d'alternati urlacci un suono ascolti;
Ch'un grida: — Aiuto! — i servi aiuto danno;
L'altro in dare e schernire ha doppio affanno.

50

Qui comincia una pugna la più strana,
Signori miei, che mai sia vista al mondo,
Che pare una moresca, una mattana:
Spettacolo ridicolo e giocondo;
Sembran quei mascherati gente insana,
Che va ballando e si raggira a tondo;
Sembra il signore un nero e stranio augello,
O un tratto bufalon verso il macello.

51

Cento son quei serventi, audaci e fieri,
Ch'a dare aiuto al lor signor son corsi,
E a guisa di romiti e passaggieri
Portan baston ch'ucciderebbon gli orsi,
Questi servon per stocchi e per brocchieri
Contro i nemici e i loro acuti morsi,
Con' quai battuti son da quei feroci,
Qual si mira il villan batter le noci.

52

Molti di lor per dimostrarsi affatto
Più pronti in dare aiuto al lor signore..
Non discernendo o bene o sia mal fatto,
Sovra di lui riversano il furore;
Nè credon di far mal, pur ch'in un tratto
Muoian le mosche o fuggan per timore;
E così per levarli un mal da dosso,
Resta ei da maggior mal cinto e percosso.

53

Soffre Domizïan ben più di mille,
Da mano amiche, bastonate sode:
e benchè pien di rugiadose stille,
A i propri feritor dà pregio e lode;
Purch'elle muoian par ch'il duol tranquille
Nella lor morte, e ancor percosso gode;
Pur non può far ch'il bastonar non doglia,
Ancorchè schiavo sia di buona voglia.

54

Per tante battiture e così spesse,
Parte fuggîr del moscareccio campo;
Parte, ch'a i fieri colpi mal si resse,
Morte restâr senz'aver triegua o scampo.
Rivestirno al signor le membra oppresse,
E 'l levâr quindi qual baleno o lampo;
E rivestito e delle piaghe asciutto,
Dentro al tetto real fu ricondutto.

55

Già spinto il sole a mezzo il corso avea
Del dïurno vïaggio i suoi destrieri,
E quasi ogn'uno a mensa allor sedea
Secur tra le delizie e li piaceri;
Quando Raspon, che di gran sete ardea
Con i vassalli suoi rabbiosi e fieri,
Distribuì l'essercito già afflitto
In ogni mensa a procacciarsi il vitto.

56

Riempion l'aria di spavento e d'ombra
Le nere squadre all'apparir che fanno,
E 'l cor di tutti alto timore ingombra,
Per le stoccate ch'a la gola danno;
Ciascuno lascia il boccon, ciascuno sgombra,
Digiun di cibo ma ripien d'affanno;
Chi le finestre e chi le porte serra,
Con maledir sì perigliosa guerra.

57

La famelica mosca avidamente
Le più ricche vivande e sugge e fura:
Or in queste or in quelle imprime il dente,
Or nel vin licor spegne l'arsura;
Or quasi arda d'amore incontinente,
L'ardor col volo mitigar procura;
Or con occhio d'amor quei cibi mira,
Or con darli più baci intorno aggira.

58

Già della gran città preso ha 'l possesso:
Per tutto scorre, il tutto empie e confonde;
Non rispetta e non stima etade o sesso,
Mordendo con punture aspre e profonde;
Altri si copre tacito e rimesso,
Si fugge, s'incaverna e si nasconde:
Altri con grave urlar languisce e geme,
Quasi giunto di vita a l'ore estreme.

59

Quivi, quasi Amazzòni illustri e forti,
Pugnan le mosche del femineo sesso,
E ciascuna di lor sembra ch'apporti
Ruina al mondo e precipizio espresso:
Più de' maschi importune, e d'empie sorti
Ministri all'uom che ne rimane oppresso;
Nè medicina val, nè val soccorso
Ove soglion ferir l'empie col morso.

60

Or il naso or le guance or gli occhi e 'l mento,
Or la fronte or la testa ed or la mano
Soglion ferir con vario avvolgimento
E con inganno inusitato e strano;
O sia importunitade od ardimento,
Da loro, in somma, ti difendi in vano:
E quindi mi cred'io ch'a parte a parte
I gran mastri di scrima appreser l'arte.

61

Ma più dell'altre generosa, esperta,
Zaramellina il suo pungente artiglio
Adopra sì ch'il primo vanto merta
Fra tutte audaci nel maggior periglio;
Quand'ecco, dentro al pugno al fin coperta,
Il gran Domizïan le diè di piglio,
E disse: — Or mò quanto tu vuoi ti mena,
Che d'ogni oltraggio pagarai la pena. —

62

Indi a quella infelice ambeduo l'ali
Tronche dal busto, entro un bacil l'immerge,
Ove l'acqua l'assorbe, e le fatali
Ore le appresta, e langue e si sommerge;
E se cerca talor l'aure vitali
E sovra a nuoto affaticando s'erge,
Prova in quel cerchio un mar che non ha sponde:
Gira e raggira e resta in preda a l'onde.

63

Oh qual ne prende Guastasonno, il fido,
Il caro amante suo, doglia ed affanno,
Che piange qual augello a cui dal nido
Sian tolti i figli che volar non sanno!
— Zaramellina mia, qual fato infido
Ahi, mi ti toglie con perpetuo danno;
Tronche hai tu l'ali, io tronco ho ogni mio vanto:
Tu sommersa nell'acqua ed io nel pianto.

64

Ahi, dove son le due verghette d'oro
Che ti splendean così leggiadre in viso?
E dove gli occhi occhi ond'io languisco e moro,
Gli occhi che m'han dal petto il cor diviso?
Anzi ov'è Amor, che quasi in suo tesoro
E in proprio regno, ivi si stava assiso?
Occhi chiari cerulei, occhi lucenti,
Ecco io vi miro, ohimè, languidi e spenti.

65

Perché non può l'ardor ch'io tengo al petto,
Consumar l'acque, ohimè, dove tu spiri?
Forse avvien perché Amor prenda diletto
Ch'io per maggior dolor così ti miri?
O perché mostri a te maggior affetto,
Versando io teco gli ultimi sospiri?
O perch'io sia già morto, ed al sembiante
Sia, mutato l'ardor, gelido amante?

66

Ohimè, quell'ali vezzosette e belle,
Ch'eran distinte in così bei colori,
Ohimè, l'ali, d'Amor vive fiammelle,
Mantici cari d'amorosi ardori,
Quell'empia man che vi recide e svelle,
Impoverisce Amor de' suoi tesori;
Gli tronca il volo e par che lo disarmi
Del suo valor, de la faretra e l'armi.

67

Poi che tentai darti soccorso in vano,
Un mare, un caso istesso ambo ci accoglia:
Sol differenti in ciò, che l'inumano
Tiranno estinse te, me l'empia doglia:
Tu senz'ali abbandoni, ahi caso strano!
Io senza cor, la dolorosa spoglia:
Chè ben sai tu che per amor l'ho perso,
Tant'anni sono, e teco è qui sommerso.

68

Bella eri tu saettatrice al core,
E saetta in un tempo amata e cara;
Era il sussurro tuo cetra d'amore:
Cetra ora sei ch'a lagrimar m'impara;
Arsi per te, nè mitigar l'ardore
Posso nell'onda ove t'immergi amara;
Anzi più cruda e più focosa intanto
Provo,ohimè, l'onda tua mista al mio pianto.

69

Odi, Zaramellina, il tuo fedele,
Quanto per te, quanto a ragion si lagna;
Vedi il suo pianto, odi le sue querele
 Con cui l'aria percote e 'l volto bagna;
Destin perverso e rio, destin crudele,
Chi mi ti toglie, ohimè, chi ci scompagna?
Ma poi che ci scompagna iniqua sorte,
Ci unisca almeno una medesma morte. —

70

In questo dire volontario scende
Nel picciol mare ove l'amata giace,
Dal cui bel volto i baci ultimi prende;
Poi dice: — Teco io moro e moro in pace. —
Tuffa nell'acque al fin, nè si difende,
Come potria, dall'onda empia e vorace
«O meraviglia! Or che non puote Amore,
S'anco alle mosche tiranneggia il core?»

Il fine del secondo canto.

Canto terzo

1

Ma il bravo imperador, ch'ogn'or più atroce
Nutre contro le mosche incendio al seno,
Novi disegni fa nel cor feroce
Per soggiogarle, debellarle a pieno:
Mille inventa a morir fogge veloce,
Fa mille gabbie ove le tenga a freno:
Altre impicca, altre abbrugia in fiamme crude,
Altre in cartocci avviluppate inchiude.

2

Mai 'l semichiuso pugno indarno scaglia;
Sempre ha in pianta di man preda novella,
Sempre è più franco in rinovar battaglia,
Spietata sì ma graziosa e bella;
Ei, come bracco in ricercar la quaglia,
Contro le mosche giubilando uccella,
E si ferma in fermarle, a lor rivolto
Minaccioso la man, gioioso il volto.

3

Talor de' ragni nell'ordite tele
Tante ne getta, quante più ne prende;
Poi sbucar mira il tessitor crudele,
Che tutto lieto a divorarle scende;
Nuota in un mar di gusto a piene vele,
Mentre quel fiero a strangolarle attende,
E di lui, che rassembra un novo Marte,
Impazzisce in lodar l'ardire e l'arte.

4

Poscia far pubblicar bando severo
Ch'i ragni e le lor tele ogn'un osservi,
E ne' cantoni e per ciascun sentiero
I lor pomposi padiglion conservi;
E quei ch'in trasgredir fan dell'altiero,
Manda alla frusta come empi e protervi:
L'istessa scopa, che le tele abbatte,
L'indomita lor schiena affligge e batte.

5

E di questa pazzia non sol l'impero
Prova l'imperador, ma, vaneggiante,
Sente il foco d'Amor farsi più fero,
Quanto Olinda più fier mostra il sembiante:
— Ohimè — dic'egli — e che più cerco o spero,

Timido troppo e rispettoso amante?
«Non vuol rispetto Amor; cessino i prieghi:
«L'ardir, la forza in vece lor s'impieghi.

6

«S'ella mi fugge, io rapirò; rapiti,
«Sono i frutti d'Amor più cari al core;
«Nè si deve aspettar che donna inviti,
«Chè spesso allor che fugge, arde d'amore;
Nacque di furto il cieco Dio: gradito
«Gli sono i furti, e spreggia il vil timore;
«Speri sol mano ardita, audace ingegno
«Di riportar vittoria entro al suo regno».

7

Rapì Paris audace Elena bella,
Benchè a Troia fatal misera preda;
Spesso Giove mutò forma novella
Per dar furto di Danae, Eurora e Leda;
Sia dunque quanto vuol cruda e rubella
Costei, ch'al fin pur converrà che ceda,
Nè sia che più mi spreggi o che si vanti
De' miei sospir, de' miei sì lunghi pianti.

8

«Chi arde e non ardisce, ama e non brama
«L'amata aver con forza o con inganno.
«A torto Amor rampogna e crudo il chiama
«Nell'ampio mar del suo amoroso affanno;
«Veloce cerva o fuggitiva dama
«La rete e i dardi in tuo poter sol danno;
«E pigliar sol potrai con lacci o strali
«Libero augel che spiega in aria l'ali.

9

E sep pur vuol persistere nell'ire
E i rubati conforti anco negarmi,
Dovrò con la crudele incrudelire,
E se non cura i baci, oprar poi l'armi;
E 'l saldo petto che non può ferire
Amor coi dardi e che sì duro parmi,
Spetrarà, spezzarà ferro tagliente,
Più de i dardi d'smor forte e possente. —

10

Così discorre, anzi così vaneggia
D'un errore in error più grave e rio;
E di sdegno e d'amore arde e fiammeggia,
Crudo sdegno, empio amor, cieco desio.
Così mosso da' venti il mare ondeggia
Quando parea già più tranquillo e pio,

E nella sua voragine profonda
Tutto irato e tremendo i legni affonda.

11
Dunque per esseguire il fiero intento,
Un suo fido scudiero a sè chiamando:
— Poi che — dice, — ogn'altr'opra è sparsa al vento
Pregando Olinda, e tu sai 'l come e 'l quando,
Che s'usi omai la forza e l'ardimento,
E si prenda e rapisca io ti commando:
Trova or la strada tu com'ella vegna
In mio poter, poi che da sè non degna.

12
De' miei soldati quel numer si prenda
Che bastevol ti credi a tale effetto;
Fingi ch'a imprigionarla io condescenda
Per occulta cagion di suo difetto,
Acciò la fama mia manco s'offenda
Appresso il vulgo a mormorar soggetto;
«Chè cauto ir si convien, bench'in sostanza
«Abbiam sovra le leggi ogni possanza».

13
S'io poi vedrò che con ritrosi modi,
Sotto finta onestà, m'odi e disprezzi,
Dell'amor mio, della sua vita i nodi
Il giusto sdegno mio recida e spezzi;
Nè deggio comportar ch'empia m'annodi
Quasi vil servo, e 'l mio morir non prezzi,
Ma procurar ch'estingua incontinente
Il sangue suo questa mia fiamma ardente. —

14
Così dic'egli; e 'l fedel servo allora
Umilmente al suo signor s'inchina,
E nell'uscir della gran reggia fuora,
L'imposte cose ad esseguir cammina;
Ed alla casa arriva ove dimora
Sotto veste mortal beltà divina,
Con cento armati ch'il real furore
Manda a espugnar d'invitta donna il core.

15
A sì fiero spettacolo e sì grande,
La bella Olinda scolorisce e langue,
Ben avvisando che per lei si mande
Per sete o del suo onore o del suo sangue;
E prima di soffrir cose nefande,
Si daria in preda al più terribil angue,
E con animo intrepido e ben forte,

Più che l'infamia, sosterria la morte.

16
Onde pria che la turba empia e feroce,
Aperto l'uscio, la lor casa ingombre,
Il suo sposo e signor con bassa voce
Chiama a fuggire, or che l'aiutan l'ombre;
In fondo della casa occulta foce
Avvi onde ignota e non veduta sgombre:
Quindi repente fugge il gran periglio
Con Lelio sposo e pargoletto un figlio.

17
Per l'oscuro sentier, senz'altra luce
Che di quella che uscia da' suoi bei lumi,
L'illustre giovinetta si conduce,
E par che l'ali il gran timor le impiumi;
Ergasto seco di quattr'anni adduce,
Che fa d'amari pianti i rivi e i fiumi;
E 'l consorte del letto, or de' martiri,
Siegue, premendo al cor muti sospiri.

18
Ne lo silenzio della notte oscura
Per insolite vie lasciâr la cara
Patria, da cui tesor sì nobil fura
Empio tiranno e castità sì rara;
La bella Olinda del suo mal non cura,
Chè per l'onor dolci le pene impara:
Ma del suo figlio e del suo sposo insieme
Il disagio e l'affanno il cor le preme.

19
Strigge l'afflitta il caro pegno al petto
E col pianto di lui mesce il suo pianto,
E di paura piena e di sospetto,
Parle aver sempre i fieri armati a canto;
E Lelio anch'ei dal maritale affetto
E dal paterno amor commosso è tanto,
Che se non piange è almen di pianger vago,
Di sue sventure e maggior mal presago.

20
Muovono a caso e frettolosi i passi,
Nè sanno ove li guidi il lor destino,
Per vie scoscese e dirupati sassi,
Or per valle profonda, or per l'alpino;
Al fin si ferman faticati e lassi
Dal periglioso lor lungo cammino,
Aspettando che 'l sol co' i suoi splendori
L'ombre rischiari e i lor penosi orrori.

21

Mirârsi intanto, al lampeggiar del giorno,
Entro all'orride selve di Baccano;
Nè viddero apparire altro d'intorno,
Ch'ombrose quercie e paese ermo e strano;
Di masticate ghiande al fin ciborno
Il dolente fanciul che piange invano;
E quetan con le lagrime, ch'appresta
Loro il dolor, la sete sua molesta.

22

Molto insieme discorrono, e non sanno
Ove piegar l'irresoluta mente;
Che s'a cercar di qualche albergo vanno,
Temon di spie, di nuovo altro accidente;
Concludono nel fin che minor danno
Sia seguir il cammin quel dì nascente,
Finch'usciti da quelle ombre selvagge,
Giungano al fin su le marine spiagge;

23

Chè quindi poi su l'isola di Rodi
Disegnano passare il mar solcando,
Acciò del fier tiranno l'empie frodi
Possan fuggir con volontario bando:
Speran ch'un cavalliere, in stretti nodi
A lor congiunto, quivi ritrovando,
Ritrovaran pietate in breve istante
Delle sventure lor sì varie e tante.

24

Fermo così l'infermo lor pensiero,
Volgono verso il mar l'orme languenti;
Quand'ecco un lupo spaventoso e fiero
Rapidamente avvien ch'a lor s'avventi;
Ratto sfodra la spada il cavalliero,
E la belva crudel l'arme de' denti;
Questa rende più ria la fame atroce,
Quello il timor più ardito e più feroce.

25

Vengon d'Olinda allor le nevi intatte
Di tepide che fur, mutate in ghiaccio,
E del candido sen tremulo il latte
S'indura al gel di così duro impaccio;
Mentre poi Lelio con quel fier combatte,
Ella il dormente Ergasto accoglie in braccio,
Nè la belva ver lei mai volge il piede,
Che statua immobil sembra e tal la crede.

26

Arde fiera la pugna, e 'l guerrier forte
Con replicati colpi il ferro gira,
Per evitar la triplicata morte
Che dall'orrida belva essala e spira;
L'altrui gli duol più che la propria sorte,
Ed or la fera, or la sua donna mira:
Morte a quella, a quast'altra egra e smarrita
Co' dolci sguardi suoi promette vita.

27

Intanto il lupo rio s'avventa al petto
Del guerrier franco, ed ei s'arretra e cede;
E batte, nel ritrarsi, il duro letto
Della gran madre, vacillando il piede.
Ahi, con che cor la sposa il suo diletto
Prostrato e quasi moribondo vede!
Volea gridar, volea fuggir: ma dove,
S'immobil fatta, e voce e pie' non move?

28

Risorge Lelio, Anteo novello, e sorto
Ben par da tomba a ripigliar la vita;
Con accortezza fier, con forze accorto,
Fere il fero animal d'ampia ferita;
Onde al fin cade palpitante e morto,
Bagnando i denti all'ultima partita
Nel proprio sangue: i denti che credea
Sfamar in lui con voglia ingorda e rea.

29

Rasserenossi allora alquanto il viso
De' duo leggiadri e sfortunati sposi;
e l'un nell'altro rimirando fiso,
Saettavan tra lor guardi pietosi;
Reser poi grazie al ciel d'aver conquiso
L'empio animale; e d'altro mal dubbiosi,
Affrettaron d'uscir da quelle selve
Piene di spaventose orride belve.

30

Ma quanto più s'aggirano, più dura
Trovan la via, più faticoso il calle:
Nè cibo han qui, nè mitigar l'arsura
Ponno a un fonte od un rio d'ombrosa valle;
Scopron sul tardi al fin larga pianura,
E a i folti boschi omai volgon le spalle;
Mirano intorno, e sol veggion dolenti
Da quei poggi vicin l'ombre cadenti.

31

S'avanzano oltre un miglio in circa, e poi
Scoprono bassa e rustical capanna;
E veggon un che rincasare i suoi
Lanuti armenti a più poter s'affanna;
Cui di Lelio: — O tu che addolcir puoi
Il male a cui fiero destin ci danna,
Se Dio pace ti dia, nel picciol tetto
Prestaci in cortesia grato ricetto. —

32

Tanto bastò ch'il villanel con volto
Non già villan ma di olcezza pieno,
Dentro gli accolse: — Ancorchè — disse, — incolto
L'albergo sia, nè a voi confaccia a pieno,
Quasi in fortezza entro un baril raccolto
V'è 'l vino e 'l pan bastevole, ed il fieno
Di letto in vece; — e qual potè, diè loro
Di rustiche vivande almo ristoro.

33

Vivande a lor via più soavi e care,
Che di Lucullo le famose mense,
Nelle quai già d'aria, di terra e mare
Rari cibi porgean ricche dispense;
Invigorir le forze e ritornare
Senton gli spirti in lor con gioie immense,
Quai si veggon per pioggia a i lunghi ardori
Risorger l'erbe e ristorarsi i fiori.

34

Poi che l'alba apparì, l'alba più bella
Con più vago Titon le sorge a fronte;
E con pompa gentil, dispiega anch'ella
Il suo tesor dal povero orizzonte;
Indi stampa col piè l'orma novella
Ch'ingemma i prati, indora il piano e 'l monte,
E in musica arte i vaghi augelli in tanto
S'odono l'aria raddolcir col canto.

35

E tanto andâr, ch'all'arenosa riva
Giunser con lento camminar soave;
Ove fra poco a piene vele arriva,
Spiccata da Marsilia, eccelsa nave,
Che per Sicilia mercatando giva,
Di prezïse merci ingombra e grave.
Lelio ch'occasïon sì bella vede,
Del loro imbarco il capitan richiede.

36

E dentro accolti e pattegiato il nolo
Col nocchier sì, ma non col mar crudele,
Seguì la nave il corso, anzi il suo volo.
Mentre placidi i venti empion le vele;
Provano alquanto tranquillato il duolo
Gli essuli illustri, e i pianti e le querele,
Or che del crudo e perfido tiranno
Men temon l'onte, e le minacce, e 'l danno.

37

«Ma come, ohimè, son fuggitivi e brevi
«I mondani conforti e lunghi i pianti!
«Come si veggon perigliosi e lievi
«Del nostro aspro cammino i passi erranti!»
Ecco, a pena da un male ergi e sollevi,
Fortuna, i mesti e travagliati amanti,
Che, scapigliata il crin, turbata il ciglio,
Gli adduci tosto in via maggior periglio.

38

La ricca nave alla dolce aura e molle
Varca il tranquillo mar con placid'onde,
E di Pozzuol, che fumicante bolle,
Lascia a sinistra l'infocate sponde,
E la fiorita Enaria, che s'estolle
Al ciel con le riviere alme e gioconde,
E Stabbia antica generosa, industre,
E 'l nobile Sorrento e 'Malfi illustre.

39

Così gli ondosi campi ivan solcando,
Nè terra più vedean poco nè molto,
Mentre il saggio nocchier, lunge mirando,
Vidde atra nube e impallidì nel volto;
Vidde infauste cornici in ciel rotando,
E meste grue con stuol confuso e folto:
Sinistri auguri ch'a venir s'appresta
Impetuosa ed orrida tempesta.

40

E già la nube dilatata intorno
Occupa il tutto tenebrosa e nera,
E ruba al mondo, a mezzo giorno, il giorno,
Giunta a molte altre in spaventosa schiera;
Sferrati i venti dal lor cavo forno,
Fanno guerra tra loro orrida e fiera;
E disfidati a singolar battaglia,
Paiono in prova a qual di lor più vaglia.

41

Al fiero gioco di fortuna or balza,
Quella palla, verso il ciel il cavo legno:
Or con nove percosse giù rimbalza,
Quasi piombando nel tartareo regno:
Or da poppa or da fianchi urta ed incalza
Così de' venti il furïoso sdegno,
Che perso ogn'uso van fra l'onde sparte
Vele, remi, timone, ancore e sarte.

42

Lampeggia il ciel, fiammeggia l'aria e stride
Nelle procelle sue sommerso il mare;
Par ch'egli a cruda guerra il ciel disfide,
E 'l ciel, non cielo, inferno orribil pare;
Sottratti al peso con Atlante Alcide
Sembrano e l'orbe universal crollare;
E 'l mare in terra e dentro al mar profondo
Tutto cader precipitato il mondo.

43

Misera Olinda, ahi qual tormento il core
In sì rio stato ti consuma e strugge!
Misero Lelio, ahi qual mortal dolore
L'anima tua fra tanti nembi adugge!
Ella dipinta di gentil pallore,
Nelle tue braccia timorosa fugge;
Tu ne' bei lumi suoi chiari e lucenti
Raddolcir cerchi il minacciar de' venti.

44

Fra così perigliose altre procelle
Il provido nocchier così ragiona:
— O voi, cui forza di perverse stelle
Meco in tanto perigli oggi abbandona,
Mirate com'ogn'or crescon novelle
Fortune, e come il ciel fulmina e tuona;
Se non s'impetra aiuto alto e sovrano,
Vedete ben ch'ogni rimedio è vano.

45

Di fiero sdegno arde Nettuno: ignota
M'è la cagion, l'effetto a tutti è chiaro;
Placar si dee con vittima devota
Del sangue nostro, e qual li sia più caro;
Quel cui fortuna elegge, egli riscota,
Se piace al cielo, il commun rischio amaro:
Così la nostra legge ordina, e questa
Via sola di tentare omai ci resta. —

46

Udissi intorno un furïal bisbiglio
A la proposta inaspettata e dura;
Pur, per fuggir l'universal periglio,
D'adempir l'empia legge ognun procura;
Scrivono i nomi di commun consiglio,
Timoroso ciascun di sua sventura;
E per cavarli, per più puro e casto,
Tra lor fu eletto il pargoletto Ergasto.

47

Fu scossa l'urna, e con la man tremante
Trasse il figlio meschin d'Olinda il nome;
Ahi sorte troppo dura e troppo errante,
Troppo a beltà sì rara indegne some!
S'ella gridò, s'ella mutò sembiante,
Se si stracciò l'addolorate chiome,
Se pianse, ahi lassa! E si percosse il seno,
Dical chi può, ch'io dir nol posso a pieno.

48

Ahi Lelio, e tu d'Olinda il nome udito,
Che ti fu già così soave e caro,
Col pianto e co' sospiri egro e smarrito
Ben raddoppiasti al mar l'impeto amaro:
— Fiera legge, — gridasti, — empio partito,
Ria sorte, inique stelle e cielo avaro;
Crudel Nettuno, predator, non dio,
Se mi furi così l'idolo mio! —

49

Mentre ei così ragiona, ella in tenaci
Nodi a lui con un braccio il collo cinge,
Con l'altro Ergasto fra singulti e baci
Tutta afflitta e dolente al sen si stringe;
Già persi avanti il tempo i suoi vivaci
Spirti, nel seno lor l'anima spinge,
E in lei l'insegne, in braccio al suo consorte,
Avanti al suo morir spiega la morte.

50

Cresce ed inalza intanto il mar turbato
L'orrido flutto, e quasi il legno affonda;
Onde disse il nocchier: — Cedasi al fato,
E diasi, o Lelio, il suo tributo a l'onda:
Ben me ne duol, ma se dal cielo è dato,
«Quel che commanda il ciel non si confonda». —
Così dicendo, rapido qual vento,
Corre a rapir la bella donna intento.

51

S'oppone Lelio, il ferro impugna, e grida:
— Non è, non è costei di morte degna;
Si salvi lei, me sol, me sol s'uccida;
Col morir mio l'ira del ciel si spegna;
«Non può placar l'onda orgogliosa infida
«Sangue innocente e 'l ciel l'abborre e sdegna!»
E così del suo ben tenta il riscatto,
Or di pietoso, or di spietato in atto.

52

Ma l'infelice Olinda, che l'estremo
Punto, al fin, di morir si vede avanti:
— Vivi, — disse, — o ben mio, vivi; io non temo
La morte, no; deh, tu raffrena i pianti;
Finch'è piaciuto al ciel vivuti semo
D'una fe', d'uno amor saldi e costanti;
Or col mio cor dolente, sì, ma casto,
Ti lascio insieme il dolce figlio Ergasto.

53

Raffrena il cieco di morir desio,
Chè, se tu muori, Ergasto, ohimè, cui resta?
Vivi, il duol cessi; dolce è 'l morir mio,
Or che, vinto il tiranno, io moio onesta;
Deh, ciel, plachisi il mar col sangue mio,
Cessi la fiera orrida tempesta. —
Così dicendo, frettolosi, audaci,
Movea per dar a lor gli ultimi baci.

54

Ma questi ancora invidïosa sorte,
Povero Lelio, e 'l tuo destin ti nega;
Son cento in nave, e ciascun franco e forte,
Nè curan già chi gli spaventa o prega;
Tanto più che 'l veder la propria morte
Fa che nissuno a compatir si piega;
Rapiscon lei via più del mar fremendo,
E corron tutti al sacrificio orrendo.

55

Indi parla il nocchier: — Tu che sostieni
Dell'ampio mar lo scettro e i gran tridenti,
E sotto i piè vittorïosi tieni
Soggette l'onde e incatenati i venti;
Gradisci per pietà questi, ripieni,
Sacrifici, di pianti e di lamenti;
E omai racqueti vittima sì bella
Del tuo sdegno e del mare ogni procella. —

56

L'offizio ei poi di sacerdote assume
(Rio sacerdozio!) e con l'audace mano
La giovinetta dispogliar presume,
Ch'afflitta geme e si restringe in vano:
Indi, conforme al fiero lor costume,
Di su la prora in modo orrendo e strano
Col capo in giù l'attira e la travaglia
Tre volte in aria e poi nel mar la scaglia.

57

Tosto che dentro al duro letto ondoso
La nuda Olinda coricata giacque,
Quetossi, o meraviglia! il mar cruccioso,
Fêr tregua i venti e riposaron l'acque.
Tu, Lelio, sol non puoi trovar riposo
Al duol che teco immortalmente nacque;
Tacesti alquanto (è vero), al duro passo
Svenuto affatto e fatto immobil sasso.

58

Ma liquefatto il gel da caldi pianti,
La lingua in tali accenti al fine apristi:
— Dunque sei morta, Olinda. ed io fra tanti
Dolor finir non posso i miei dì tristi?
E 'l mar sì fiero e sì cruccioso avanti
Or non mi tragge ove tu pria moristi?
Anzi or lo scopro placido e fedele:
O spietata pietà: pace crudele!

59

Lieto delle bellezze uniche e sole,
Festeggi, o mar, che le raccogli in seno,
E dentro rinchiudendo un novo sole,
Scopri il volto tranquillo al ciel sereno;
Ma serenar non puoi l'oscura mole
Di que dolori immensi ond'io son pieno;
E indarno placid'onde, aure ridenti
Cercan di raddolcire i miei tormenti.

60

Almen, se fatto sei cortese e pio,
E fanno or l'onde tue specchio lucente,
Mi dimostrassi, ohimè, l'idolo mio,
Se vivo è pur, se pur m'ascolta e sente;
Ma tu scortese, ingiurïoso e rio,
Me 'l nieghi e 'l core hai più dell'onda algente,
Più duro de' tuoi scogli orridi nfidi,
«Crudel se piangi, e più crudel se ridi».

61

Ridi ora del mio pianto, e già piangesti
Del riso mio da fiera invidia mosso;
Il pregio, ohimè, d'ogni onestà togliesti
Dal mondo, e 'l fior d'ogni bellezza hai scosso;
Hai spenti, ohimè, que' lumi almi e celesti,
Anzi il mio sole, e riveder nol posso;
Fosti sempre crudel, ma nel tuo sdegno
Or d'ogni crudeltà varcato hai 'l segno.

62

Così dicendo, di morir bramoso,
Prende la spada e se l'adatta al petto;
Ma spettacol sì fiero e lagrimoso
Commove Ergasto il pargolin diletto,
E dice: — Ahi padre! — e in modo sì pietoso,
Che distornò l'infurïato affetto;
E la nova pietà vince il dolore,
Sì che sostien, bench'amareggi, il core.

63

Ma lo stuol navigante, che lo mira
Sì forsennato in atto e sì dolente,
E, di lui troppo infastidito, aspira
A leversel da gli occhi immantinente.
Tosto verso la spiaggia il legno gira,
E qui lo sbarca col bambin piangente;
E festeggiando col suo curvo pino,
Dentro al tranquillo mar siegue cammino.

64

Sorge intanto la notte, e su l'arena
La coppia sola addolorata resta,
Cui le lagrime son per cibo e cena,
E per casa ed albergo ombra funesta.
Indi l'alba succede, e nata a pena,
Tosto Lelio al partir quindi s'appresta,
Per trovar qualche scampo al lor periglio
E 'l chiesto cibo all'infelice figlio.

65

Nè tratta ancor circa due miglia avante
Avean la vita affaticata e lassa,
Che da lungi lor sembra in biancheggiante
Globo veder di neve accolta massa;
S'avanzan oltre, ed ecco uman sembiante
Veggon, con testa al sen piegata e bassa;
Raffiguran d'Olinda al fin l'aspetto;
Ahi lieto, a un tempo, e doloroso oggetto!

66

Chiudon le labra languidette e smorte
De' bei denti le perle e 'l gran tesoro,
Coperto è 'l volto di pallor di morte,
Umido ed agghiacciato il bel crin d'oro;
Amore, e tu che già possente e forte
Stavi ne gli occhi e ne' bei nidi loro,
Con lei sommerso e con lei quasi estinto,
Quivi or ti stai non vincitor ma vinto.

67

A le mammelle rotondette e sode
Ergasto corre e vi vezzeggia intorno,
E lei chiamando che 'l chiamar non ode,
Ne rimane il fanciul con doglia e scorno;
Lelio, ch'alquanto al primo incontro gode
Del caro oggetto di quel viso adorno,
Mirando poi senz'alma il mortal manto,
Le meste essequie rinovella e 'l pianto.

68

— Dunque, — disse, — o ben mio, destin perverso
E 'l ciel guerra maggiore ogn'or mi farno,
E voglion ch'ancor miri il caso avverso
E la vista del danno accresca il danno?
Dunque io qui giunsi per restar sommerso
Il nuovo mar di più crudele affanno?
Così dunque il tuo Lelio or ti racquista?
Ahi fiero incontro, ahi dolorosa vita!

69

Pur or che ravvivar le mie speranze
Credetti, ahi lasso, i' ti riveggio estinta
Acciò più di sperar nulla m'avanze,
E trovi morte alla mia morte accinta:
O dolci, o care, o nobili sembianze;
Beltà da morte oppressa sì, non vinta,
C'hai, senza sensi ancor, sensi d'amore,
e ancor guerreggi, ancor m'accendi il core!

70

Lasso, com'esser può che più mortale
Sento l'ardor da foco estinto e morto,
E fatta ghiaccio, a saettar più vale
Or la tua man che non dà strale a torto?
Ben il provo io, che l'ultimo e fatale
Colpo sostegno senz'alcun conforto,
Ch'or più mi struggi qual fra nubi suole
Forgorar raggi più cocenti il sole.

71

O cara Olinda, ecco io nel sen t'accoglio,
E spiro l'alma mia ne' labri tuoi;
Prendila! sorte teco io cambiar voglio;
Lecito il cambio rende Amor tra noi;
Dolce morir, se mentre io qui mi spoglio
Di vita, vita a te rendessi io poi;
Dolce morir, s'avvien che vita dia
A sì rara beltà la morte mia!! —

72

Ma ecco, al fin (quel che creduto mai
Avresti, o Lelio), il fin de' tuoi nartiri;
Ecco ch'alquanto rivenuta omai,
Move Olinda dal cor bassi sospiri;
Indi tre volte i languidetti rai,
Tra le nubi de gli occhi, avvien che giri,
E tre volte gli abbassi e gli nasconda,
E rotti accenti in mesto suon confonda.

73

Attonito allor egli e stupefatto,
Quel che occhi vedean credette a pena;
Pur a gli occhi non sol, ma crede al tatto,
E trova caldo il sangue entro ogni vena;
E già colei di risvegliata in atto
Erge la fronte lucida e serena,
E nella guancia al natural vezzosa,
Torna col giglio a gareggiar la rosa.

74

— Lelio mio; cara Olinda; Ergasto amato;
Dolce madre; o mio sposo; o mia consorte;
Come voi qui? come dal mar turbato,
scampasti tu? chi voi ritolse a morte? —
Con sì confuso suon, ma dolce e grato,
Chiede ciascun di lor la propria sorte,
E si stringon quali olmi edre tenaci,
Alternando or quesiti, or vezzi, or baci.

75

Ella poscia seguì come dall'acque
Un veloce delfin la trasseal lido,
E senza offesa o mal, com'al ciel piacque,
Superò poi del mar l'orgoglio infido;
Ma perché quivi abbandonata giacque
Dopo gran pianto e lagrimoso grido,
Al fin dal duol, dalla stanchezza vinta,
Mezza giacea, come trovolla, estinta.

76

Così dice ella, e col color nativo,
Si veste ancor delle primiere spoglie
Che rese a Lelio, del suo ben già privo,
L'empio nocchier per addolcir le doglie;
Benchè rendeano il suo martir più vivo,
Quasi senza il suo frutto aride foglie,
Come all'incontro, or ch'ella le riveste,
Spirano nel suo cor gioia celeste.

77

Schiera di pescatori arriva intanto,
 Ch'al gioir lor gioia novella apporta,
Poichè del caro cibo ottengon tanto,
Che la vita ristora e riconforta;
Indi a un villaggio al vicin colle a canto
Prendon la via sotto lor fida scorta,
Ove pensan fermarsi insin ch'aspiri
Sorte più dolce a i santi lor desiri.

78

«O grazia alta del ciel, ch'un casto core
«Con providenza pia regge e difende,
«E di fortuna e di lascivo amore
«L'empito e i dardi rintuzzati rende;
«Santa onestà, cui non mondan furore,
«Non d'Averno l'orror turba ed offende,
«E quando par ch'elle si trovi al fondo,
«Più viva splende e signoreggia il mondo».

Il fine del terzo canto.

Canto quarto

1

Ma 'l gran Domizïan, cui poco tonda
Riuscì la palla e non colpì nel segno,
Per la fuga D'Olinda entra in profonda
Doglia ed avvampa di feroce sdegno;
Muta in furor la fantasia gioconda
Ch'avea già d'incarnare il suo disegno,
E perso c'ha l'augel dalla sua gabbia,
Vien con le mosche a scaricar la rabbia.

2

Tal feroce mastin ch'a preda intente
Tenga le zanne e le due luci altere,
Se la carne che traccia asconder sente,
Nè spera più d'averla in suo potere,
Con l'aria istessa ingiurïoso, ardente,
Sfoga le voglie sue rabbiose e fiere,
Ed ora un legno or dura selce afferra,
Or col muso digiun morde la terra.

3

Or mentre ei vari modi e vari ordegni
Prepara a far contro le mosche oltraggio,
E guiderdona i più scaltriti ingegni
C'han di quelle atterrar lode e vantaggio,
Ecco fra' più sublimi e fra' più degni
Alcabizio a lui vienne accorto e saggio,
Ch'arabo nacque ed a cui 'l ciel comparte
Quant'altri può saper di magic'arte.

4

Lunghe ha le chiome, e dall'irsuto mento
Pende folta la barba orrido il pelo;
Di pallor pieno il volto e di spavento,
Che sempre affitto in terra aborre il cielo;
Torto il suo sguardo, sanguinoso e lento,
E tutto pien d'un nubiloso velo;
Umido il labro, pendulo e languente,
Asinesco l'orecchio e curvo il dente.

5

Ei coi circoli suoi, co' suoi scongiuri
Il corso a i fiumi d'arrestar si vanta;
E di tenebre folte e nembi oscuri
La luna e 'l sole spaventoso ammanta;
Scote la terra, inamarisce i puri

Fonti, conturba il ciel, gli arbori schiante,
E fa ch'il grande inferno unito s'armi
Al mormorar de' suoi potenti carmi.

6
Disse egli dunque: — Oh valoroso e forte
Sire, al cui gran valor cedono omai
Tutte le mosche debellate e morte,
Sì come ombre del bel sol a' rai;
Per estirparle io m'oprarò di sorte,
Ch'intiera al fin di lor vittoria avrai,
E pronte e volontarie al proprio danno,
A' piedi tuoi tutte a cader verranno.

7
Di frabricar con l'arte mia prometto
Scudo incantato e di tal forza pieno,
Ch'al folgorar del suo lucente aspetto
Corran veloci a soggiornarvi in seno;
Onde poscia il partir lor fia disdetto,
Restando morte da fatal veleno,
E fian nel rogo volontario oppresse
Quasi farfalle in abbrugiar se stesse.

8
Allor l'imperador con lieto volto
Gli replicò: — Spirto ingegnoso e raro,
Con gran dilettoil tuo valore ascolto,
E vederne l'effetto avrò poi caro:
Quel ch'a te n'averò, non fia mai sciolto
Obligo eterno e de' più grandi al paro,
E farò ch'a tant'opra eccelsa e degna
Di pregio eguale il guiderdon ne vegna. —

9
Soggiunse il mago: — in pochi giorni, o sire,
Vedrai dell'opra i grandi effetti e nuovi:
Ma pria convien che non sopremo ardire
Fatiche molte e molti rischi io provi:
Molti perigli mi convien soffrire,
Finchè duo laghi tenebrosi io trovi
Sovra 'l gran monte che, al norsino colle
Poco lontan, l'altera fronte estolle.

10
Potrei ben io fra dense nubi accolto
Colà volarne in un girar di ciglia,
O 'l fren d'Averno a un corridor disciolto,
Fare in breve ora un gran migliar di miglia;
Ma serbo ciò quando il bisogno è molto,
Ed urgente cagion me lo consiglia:

Chè folle è ben chi d'abusar presume
L'arte e 'l favor del gran tartareo nume.

11
Così dice egli, e poi commiato prende
Dal valoroso e nobile campione,
Che tutto lieto il suo ritorno attende
Per veder mirabilia ch'ei suppone;
E 'l mago in preparar, quel giorno, attende
Quanto gli è d'uopo a quel ch'oprar dispone;
E scalzo un piè, dall'infernali schiere
Chiede il solito aiuto all'ombre nere.

12
Ma quando l'alba poi lieta e ridente
Col dorato staffil batte le stelle,
Che lei temendo impallidir repente
Si veggion tutte e scolorir la pelle,
E a scola chiama a ritornar la gente
Delle fatiche solite novelle;
Egli si desta e a la nefanda e ria
Scola infernal coi libri suoi s'invia.

13
Già tolto il piè da' sette colli altieri,
Al cammin destinato i passi move,
Nutricando nel sen vari pensieri,
Per far l'incanto e scelleranze nove,
Affin ch'i detti suoi per verdadieri
L'imperador, con sua gran lode, approve;
E con far noto al mondo il suo valore,
Ne tragga il premio e 'l guiderdon maggiore.

14
E 'l terzo giorno, pria ch'il sol tramonte,
Dentro al confin di Norsia egli perviene
Lasciando a destra man piccolo un monte
Che di Vespazio il nome ancor mantiene
Da Vespasia norsina, illustre fonte
Di nobiltà d'inestinguibil vene,
Che col placido suo corso giocando
Tutto irrigò felicemente il mondo.

15
Nacque di lei Vespasïano Augusto,
E forte e saggio imperador romano,
Da cui poi venne il valoroso e giusto
Tito, flagello dell'ebreo profano,
E qusti di cui scrivo in faglio angusto,
Moschicida immortal, Domizïano.
Cammina intanto il mago, e poco lunge,

Con frettolosi passi, a Norsia giunge.

16
Norsia antica città, che patria cara
Fu di Sertorio il folgore di guerra;
Ma molto più nobilitata e chiara
Per duo gran lumi, anzi duo soli in terra,
Benedetto un, di santità sì rara,
Che su l' monte Casin gl'idoli atterra;
Nave ond'al ciel gente ogn'ora sbarca,
Forte campion di Dio, gran patriarca.

17
O splendor della patria, anzi del mondo,
Tesor del cielo, orror del cieco inferno.
Che sbandito il rio seme e 'l culto immondo,
La chiesa irrighi agricoltor superno,
De tuoi sinor, delle gran chiavi il pondo
Sostenitori, venticinque io scerno,
E di bell'ostro in Vaticano adorni,
Quanti d'un anno annoveriamo i giorni.

18
Di mitra ornati, settemilia usciro
Arcivescovi sacri e patriarchi
Dai tuoi grand'orti, e di bontà fioriro
E di celesti odori ingombri e carchi;
E s'ha i vescovi poi gli occhi raggiro,
Della chiesa di Dio fortissimi archi,
Sedici mila numerar ne lice,
Frutti d'arbor sì augusto e sì felice.

19
Di quei che l'alme a Dio, che sue l'elesse,
Resero poi santificate e belle,
E per decreto pontificio ammesse
Con prove illustri fur sovra le stelle,
Cinquanta mila un gran cronista espresse;
Senza che di quegli altri egli favelle,
Ch'in numero infinito in render l'alme
Ebbero pure in ciel vittorie e palme.

20
L'altro, ch'a par dell'altro sol lampeggia,
E seco a un parto istesso ebbe oriente,
Scolastica è, che col german gareggia,
Di sua bontate emulatrice ardente;
Ogni mondan diletto aborre e spreggia,
E in chiuso monistero a Dio servente,
A lui vergine illustre, arsa d'amore,
Consacra il corpo, e più la mente e 'l core.

21

Felice Norsia, avventurosa madre
Di figliolanze sì leggiadre e conte,
Che del furor delle tartaree squadre
Rintuzzan sempre e le minacce e l'onte!
Quindi Scolastica hai, quindi il gran padre,
Che stan per te d'ogni periglio a fronte;
Poichè di santità t'ha 'l ciel concesso
Mostrar la norma a l'uno e l'altro sesso.

22

Ma dove lascio gli altri che l'alpino
Giogo illustrâr de' tuoi superbi monti:
Fiorenzo, Eutizio, Speo, Santolo, Ursino,
Che fur di santità rivuli e fonti?
E dove tanti, che valor divino
Sempre mostrâr meravigliosi e pronti;
E chiari di virtù celeste in terra,
Fur saggi in pace e valorosi in guerra?

23

Non tesso istorie; a basso stil non lice
Tant'alto osar: l'imprese alte pavento;
Sol di Domizïan la rabbia ultrice
Contro le mosche ho di cantar talento:
Canto dolce per me, canto felice,
Se pur da lingua adulatrice io sento:
Dureran queste rime e questo inchiostro,
Quanto duran le mosche al secol nostro.

24

Stupido il mago dopo strani passi
Di Norsia il piano e i larghi campi ammira,
Campi al più sterilissimi, ove i passi
E 'l perso seme il contadin sospira:
Di Patin vede i smisurati sassi,
Là dove d'orsi un grande stuol s'aggira,
E Casciolin, dove con man feconde
Prezïoso liquor Bacco diffonde.

25

Poco più basso egli rimira poi
Di Torbidon meravigliose l'onde,
Ch'ogni sett'anni rimirar lo puoi,
Poscia altrettanto il capo suo nasconde,
Indi ritorna a ricolcare i suoi
Primieri letti e l'usitate sponde;
Onde or s'estolle, or giù nel centro piomba,
E dove nasce, ivi ha sepolcro e tomba.

26

6Scorge con somma poi gioia e vaghezza
Del governo civil gli ordini e i riti;
E in stretta libertà bassa grandezza
De' cittadini al ben commune uniti;
Mira la plebe alle fatiche avvezza,
De' tumulti nemica e delle liti,
Che quasi man ch'il corpo suo conforte,
Pronta il serve essecutrice e forte.

27

Ha l'ozio quindi sempiterno bando,
Nè alcun vi tragge neghittose l'ore:
Altri con nobili arti procacciando
Dare a se stessi e a la lor patria onore,
Con oneste fatiche altri acquistando
Quel che ravviva il natural calore:
«Ch'uom forte col sudor vince quei mali,
Che avventan di fortuna i fieri strali».

28

Calca, dalla città partito il mago,
Piccola montagnetta, e poscia arriva
Di molte miglia a un pian fiorito e vago,
Care delizie alla stagione estiva;
Ove la vista e 'l cor contento e pago
Fanno dolci aure, erba odorosa e viva,
Che, specchiatasi pria ne' molli argenti,
Chiama e invita a baciarla i grassi armenti.

29

Quivi, ment'empie de' Gemelli il sole
L'umido, caldo e bicorporeo segno,
Fin quando alle bilance aggiustar suole
Delli ineguali dì l'ire e lo sdegno,
Di gente un ampio stuol frequenta e cole,
Anzi l'istesso Amor pone il suo regno:
Ride il ciel, fuggon l'ombre e queti e lenti
Scorron con dolce fren domati i venti.

30

Ma quando poi, persi i smeraldi e l'oro,
Giovinetta stagion languisce e manca,
E sbigottita, e (quasi dica: — Io moro! —)
Il vago volto imbruna e 'l crine imbianca,
Tutto il maggior furor d'Austro e di Coro
In questa regïon s'apre e spalanca;
Ergon d'acciaio armati al ciel le fronti,
Sovra i gran monti, delle nevi i monti.

31
Ma l'arabo stregon, che già rimira
Di quel giorno i bei lumi affatto estinti,
Al vicin Castelluccio i piedi gira,
I piedi da stanchezza oppressi e vinti;
Ove riposa poi fin che raggira
Febo dall'onde i corridor sospinti,
E co i pennelli d'oro uscendo fuori
Rende splendidi al mondo i suoi colori.

32
Allor si desta e a superar s'accinge
Quel ch'ultimo gli resta orribil monte
Vittor, che ben vittorïoso spinge
La chioma al cielo e la superba fronte;
Ed ora all'orgoglioso i fianchi cinge
Coi piedi e con le mani audaci e pronte,
Or con acuti ferri arma le piante
Contra questo de' sassi ampio gigante.

33
Preme ora il destro ed ora il lato manco,
E qual curva testuggine s'inchina,
Per superar tutto animoso e franco
L'inaccessibil via dell'erta alpina;
E mille volte, affaticato e stanco,
Empie d'empi sospir l'aria vicina,
E i duri passi agevolar pretende
Con l'onte inique e le bestemmie orrende.

34
Sormonta alfin, dopo fatiche tante,
Alla gran sommità del monte altiero;
E può (come bramò) vedersi avante
L'un l'altro lago tenebroso e nero;
Ove di spirti immondi acqua spumante
Accoglie un nembo abbominoso e fiero,
Che dentro a così oscuro ampio ricetto
Focoso ha 'l bagno e tormentoso il letto.

35
Son quivi appresso grotte ampie e profonde,
Ch'accolgon saggia profetessa in seno,
Venuta già dalle cumane sponde,
Come in luogo ermo e frequentato meno:
Da lei descritto su le verdi fronde,
Prendea già Roma e 'l mondo oracol pieno;
Da lei sentì la curïosa gente,
Preveder il futur come il presente.

36

Da lei già molti secoli predetto
Fu pria 'l natal del Redentor del mondo,
E che portar dovea nel casto petto,
Vergine glorïosa il nobil pondo:
Ma perch'il dir di lei fora soggetto,
A l'umil rima mia, vasto e profondo,
Di ciò tacendo, io ne ritorno al mago,
Che gira intorno al doppio orrendo lago.

37

E tratti dalla tasca infami ordegni,
Sollecito apparecchia il fiero incanto;
Mille imprime al terren circoli e segni,
Sacrilego intonando orribil canto;
Ch'udito giù ne' gran tartarei regni,
Non che ne' laghi che gli stanno a canto,
Fa che tosto apparir vede presente
D'empi demoni essercito possente.

38

E gli chiedon poi: — Che ci comande,
O tu del nostro cor dolce tiranno?
Ciò ch'ha più del difficile e del grande
D'oprar per te, non ci sarà d'affanno;
Le nostre opere eccelse e memorande
Viste sempr'hai senz'interesse o inganno;
Accenna pur, ch'or or vedrai da noi
Prontamente essequiti i cenni tuoi. —

39

Ed egli: — Al valor vostro è lieve impresa
Questo ch'io chieggio, o spirti invitti e degni,
Ma tuttavia magnanima e in difesa
D'un famoso vassal de' vostri regni:
Quel grande imperador, ch'aspra contesa
Ha con le mosche e generosi sdegni,
In sterminio lor tiene or desio
Valersi al fin del vostro aiuto e mio.

40

La solit'arte e il vostro ingegno usato
Ricerco io dunque, e che si formi or ora
Nella Stige, ch'è qui, scudo incantato,
Ove ogni mosca irrigidisca e mora;
Pronta la morte e volontario il fato
Sia che l'alletti e corra all'ultim'ora;
E sia l'opera tal, ch'indi si scerna
Di voi, di me chiara memoria eterna. —

41

Udita la richiesta, in un momento
Lo stuol d'Averno alla tartarea incude
Martella e batte, in cento colpi e cento,
Materie all'opra abbominande e crude;
E note aggiunge di sì rio spavento,
Che le porte infernal tutte dischiude,
E vedova del sol l'aria già pura
Cambia il lucido manto in benda oscura.

42

Chi di pece nerissima e tenace,
Chi di solfo e bitume i globi adduce;
Chi calamita nel tirar vivace,
Cui temprò di comete infausta luce;
Chi l'unghie e 'l cor di fiero augel rapace,
Chi d'uom sospeso al fin canape truce;
E ferve l'opra e ne risuona intanto
L'aria a i colpi, alle strida, a gli urli, al pianto.

43

All'empio orror dell'infernali schiere
Piomban da nembi oscuri in aria erranti
Gradini e piogge ruinose e fiere,
Deste al furor di quei maligni incanti;
Prendon le nubi spumeggianti e nere
D'orride impressïon vari sembianti;
E sembra, con versar foco, acqua e gelo,
Ad abissar la terra accinto il cielo.

44

Cadon le biade dal gran turbo scosse
De' piovuti cristalli orridi algenti;
Cadon le mandre a quel furor percosse,
E con le mandre ancor cadon gli armenti;
Crollan dall'ime fondamenta mosse,
L'istesse case al guerreggiar de' venti,
E son del ciel, fra i fulminosi lampi,
Con vomeri di fuoco arati i campi.

45

Lo scudo intanto che fatal ruina
Move e apparecchia al moscareccio regno,
Fornito e già nell'infernal fucina
E di perfezïon ridotto al segno;
Onde gioisce il mago, e s'incammina
Al suo ritorno, di letizia pregno:
«Folle chi de' misfatti attende lode,
E nel suo proprio error s'allegra e gode».

46

Al piano il mago, anzi alla morte scende;
Ma con la sua magia nulla prevede,
Perché stuol di pastori ivi l'attende
Per dare al suo fallir degna mercede;
Chè de le stragi e le tempeste orrende
La cagion tutta a lui n'ascrisse e diede,
Sapendo ben per casi occorsi avanti
Gli effetti rei de' portentosi incanti.

47

E per questa cagion con molta cura
Soglion vietar gli abitatori i passi
Alli due laghi, acciò ne l'onda impura
Qualche maligno incantator non passi;
E s'Alcabizio ebbe la via sicura
E andò celato a sormontar quei sassi,
Con suo gran danno e con mortal periglio
Trasse al bramato fin l'empio consiglio.

48

Ed ecco, entrando ne gli aperti piani,
Mover si mira inaspettata guerra
Da un'empia greggia di rabbiosi cani,
Ch'intorno intorno lo rinchiude e serra.
Corre alla solit'arte, e folli e vani
Trava gl'incanti e 'n vano i libri afferra,
Chè s'or corrono i spirti empi e protervi,
Corron nemici, e non ministri e servi.

49

«Al fine estremo avvien che l'uom s'avveggia
«quanto i suoi passi fur ciechi ed erranti;
«In qual abisso de' suoi falli ondeggia
«Fra mostri orrendi e non compresi avanti;
«E con quanto dolor mutar poi deggia
«Il mar di tanti errori in mar di pianti,
«Ma pianti intempestivi e pigri e tardi
«A lo scoccar dell'empia morte i dardi».

50

Cade il mago infelice, e 'n darno move
I sospiri e le grida, indarno langue;
Già l'opprimon fra' denti, e stilla e piove
Da ferite diverse un mar di sangue;
E facendo i mastin l'ultime prove,
Lo lascian poi, ridotto in pezzi, essangue;
Ed è colui dannato al pianto eterno,
Al cui sol cenno impallidì l'inferno.

51

Ma tra' que' spirti rei l'orrido Aletto,
Veduto il mago in quella guisa estinto,
Preso lo scudo per loro opra eretto,
Ancor del sangue rio bagnato e tinto,
Prende d'un servo il naturale aspetto,
D'atomi e d'aria colorito e finto;
E col dono incantato indi si parte,
Giungendo in breve alla città di Marte.

52

Bramma ella secondar la folle impresa
A cui l'imperadore accinto mira,
E perché de' cristiani ha vilipesa
Anco la fe', a favoreggiarlo aspira,
Nè vuol che persa sia l'opra c'han presa
In far lo scudo ch'egli aspetta e ammira;
Però seco nel porta, e mentre il dona
Al gran Domizïan, così ragiona:

53

— Sire, v'è noto ch'Alcabizio, intento
A voi servir con sua mirabil'arte,
Poco tempo ha di qua mosso non lento
Del norsin monte alla scoscesa parte;
Ed io, suo servo, ancor fra cento e cento
Perigli andai della fatiche a parte;
E già di lode e di vittoria adorno,
Ei facea con quest'opra a voi ritorno.

54

Ma piacque a' sommi Dei degna mercede
Darli fra' spirti più sublimi e degni:
E nel morire a me la cura ei diede
Che vi dia del suo amor gli ultimi segni;
Ond'io per osservar la data fede
E per gloria maggiore de' vostri regni,
Lo scudo ecco vi porto, al cui splendore
Cieca ogni mosca istupidisce e more.

55

Prende Domizïan l'arme novella
Con lieto volto, e al paragon s'accinge;
E col solito ardir montato in sella,
Per larga piazza un corridor sospinge;
Ed ecco (oh meraviglia altera e bella!)
Un grosso stuol di mosche oltra si spinge,
Che ferme nello scudo alquanto stanno,
Poi tosto in terra a cader morte vanno.

56

Vi accorron l'altre a cento, a mille, a schiere,
E fan cadendo mucchi, argini e monti,
Come le frondi alle percosse fere
Caggion l'autunno e d'Austro ai doppi affronti;
Anzi le più famose e più guerriere
Abbassan l'ire e le superbe fronti,
E corron volontarie e male accorte,
con gran piacer del lor nemico, a morte.

57

E fu notato che, lontan ben cento
Passi, quante vedean l'arme fatale,
Correan tutte veloci a par del vento
A porsi nello scudo a lor mortale:
Onde nacque fra lor tanto spavento,
Che fur per tralasciare impresa tale,
E fuggendo il gran rischio anco sotterra
Con loro infamia abbandonar la guerra.

58

Ma fra lor Zuccarin saggio e fecondo,
Visto il timore universale e fiero,
Disse: — O compagni, o voi terror del mondo,
Perché v'ingombra il cor sì vil pensiero?
Dunque fuggir potrete e tutto a fondo
Mandar l'onor del nostro regno intiero?
Durate! Al bel principio il fin risponda.
E sì lieve cagion non vi confonda.

59

È grave, in vero, è perigliosa e dura
L'arme incantata ch'il fellone or porta;
Ma schivar si potrà con poca cura,
Come udirete, e con maniera accorta:
Ella d'appresso sol la vista oscura
E l'occhio nostro al proprio mal trasporta:
Sol chi 'l guardo vi ferma oppresso rende,
Da lungi poi nulla il suo mal ci offende.

60

Mirate quinci intorno e vederete
Ch'in poco spazio sua virtù si stringe,
E quelle poche sol dan nella rete
Ch'ogn'or vaghezza curïosa spinge;
Or se voi gli occhi raffrenar saprete
Mentre ei quell'arme incontro voi sospinge,
schivate a pien le trame sue novelle,
Restar potrete vincitrici e belle.

61

Dunque chiudiam la vista, e 'n cieca guerra
Mostri ciascuna il suo valore usato;
«Chè così l'uom ancor, se l'occhio serra,
«Da profonda beltà non vien macchiato;
«Ma s'alla luce allettatrice egli erra,
«da fieri strali cade al fin piagato,
«E con quei ch'al diletto in preda diede,
«La sua ruina inevitabil vede».

62

Piacque il saggio parlare, e con effetto
Trovato fu giovevole e sicuro;
E già di nuovo ardire armate il petto,
Fan cruda pugna a l'aer cieco e scuro.
L'imperador di rabbia e di dispetto
Tutto n'avvampa, e stran li pare e duro
Che l'incantato scudo in sì poche ore
Abbia perduto il suo primier valore.

63

Onde biasmando i maghi e i loro incanti
E la folle arte lor vana e schernita,
Nè penetrando co' pensieri erranti
Come abbia la virtù persa e smarrita,
Nè men pensando in quanti rischi e quanti
Conforme era al desir l'opra riuscita,
Lo scudo, ch'al suo umor non corrisponde,
Getta del Tebro infellonito all'onde.

64

Oh quanto fece all'or giubilo e festa
D'un fatto tal la moschereccia armata,
Che pria si stava addolorata e mesta,
Tanto dava terror l'arme incantata!
Di fiori di sambuco ornò la testa
A Zuccarin da cui fu già salvata,
E col cui saggio e salutar consiglio
Seppe schivar l'universal periglio.

65

Ei dal publico erario ogni anno ottenne
D'eletto cavïal cento barili,
E di gran consiglier titolo ritenne,
Di ben remunerar servati i stili;
Ed ogni anno in quel dì festa solenne
Fan le mosche fra lor ne i lor moschili,
Con commedie, moresche e vari salti,
Pompose giostre e valorosi assalti.

66

Ma mentre alla gran reggia imperïale
Ritorna infellonito il gran guerriero,
Ecco empia mosca cavallina assale
Impetuosamente il suo destriero;
E l'afferra nel ventre in modo tale
Col dente acuto ingiurïoso e fiero,
Ch'al duro assalto non può stare al segno,
Ma fuor ne sfogan il generoso sdegno.

67

Sente la piaga orribilmente acerba,
 e in van l'offesa vendicar procura;
Scote l'alta cervice e la superba
Chioma rincrespa e 'l duro fren non cura;
Batte e sparge col piè l'arena e l'erba,
Minaccia strage al mondo orrenda e dura:
Tuono è 'l nitrir, le nari han fiamme e lampi,
Folgore ei tutto, e par ch'il ciel n'avvampi.

68

Di qua, di là precipitoso spinto,
Il feroce destrier s'aggira ed erra;
E da vil mosca soggiogato e vinto,
Move al fine a se stesso orribil guerra;
Spezzato il freno e fraccassato il cinto,
Da un'alta rupe se medesmo atterra;
E fra inospiti sassi e balze orrende
Con più rivolte ruinoso scende.

69

Dal suo destrier Domizïan cadendo,
Anch'egli a far salti mortali impara,
E dovea ben quel suo cader tremendo
Pianto estremo apportarli e morte amara;
Ma lo stame vital Cloto attorcendo,
Non taglia ancor, ma 'l forbice prepara;
E intanto da la fiera empia percossa
Franta la pelle e fracassate ha l'ossa.

70

A la ripa ove avvien ch'egli subisse,
Corsero molti de' suoi servi in frotta;
E in riportarlo a casa, un di lor disse,
Con voce da un suon flebile interrotta:
— Or va, fa con le mosche e gare e risse;
Mastica mò, se puoi, questa pagnotta;
Sappi che mangia al fin di questa pasta
Chi s'intriga con lor, chi ci contrasta. —

Il fine del quarto canto.

Canto quinto

1

Trecento volte il sole avea nell'onde
Nascosto de' suoi raggi il bel tesoro,
Trecento all'altre contrapposte sponde
Reso a i mortali i suoi rubini e l'oro;
Nè intanto a sue sciagure ime e profonde
Trova l'afflitta Roma alcun ristoro,
Che da' fieri nemici e notte e giorno
Prova aspra e guerra e novo oltraggio e scorno.

2

Prova nel giorno aspre punture atroci
Da tante mosche, onde ne geme e langue,
Ch'affamate, mordenti, empie, feroci
Cercan la vita di succhiarle e 'l sangue;
S'ode d'intorno di confuse voci
Un misto suon d'altri che cade essangue,
D'altri che dove empio furor li caccia,
Van delle mosche alla spiacevol caccia.

3

Di notte poscia, quand'altri si crede
Trovar quïete a l'affannate cure,
Moversi maggior guerra egli s'avvede
Da le zenzal fra le folt'ombre oscure:
Male ch'il male assai del giorno eccede:
E con più perigliose aspre punture
Tolgono il sonno e ne le membra oppresse
Lasciano, al fin, le cicatrici impresse.

4

Ma quel ch'il danno accresce e desta i pianti
Assai maggior fra le smarrite genti,
Fu che mille arrivâr schiere volanti
D'alati grilli a danneggiarle intenti,
Orribili nel volti e ne' sembianti,
C'han cerchi a gli occhi d'atre fiamme ardenti,
Corna han tonde e sottil di quella sorte,
Che fe' Venere bella al suo consorte.

5

Questi da l'Ocean vasto e profondo
Fur visti uscir con l'orgogliosa testa,
Qual si rimira grandinar nel mondo
Congelata nel ciel pioggia e tempesta.
In favor delle mosche il re Grillondo

Mandò costoro a semplice richiesta
Del re Raspon, parente e caro amico
Per discendenza e gran retaggio antico.

6
Tosto piantâr fra' seminati il campo
Quest'affamate e pargolette arpie,
Scorrendo intorno qusi acceso lampo
Sceso dal ciel tra l'agirevol vie;
Ovunque arrivan poi, rimedio o scampo
Dalle punture iniquitose e rie
Non han gli orti, le biade e gli altri frutti,
Che son subito tronchi, arsi e distrutti.

7
Già 'l sol del Cancro nell'estrema parte
Spiegava i raggi fervidi e cocenti:
Pompeggiavan le spighe, e quasi ad arte
Smaltate altre eran d'ori, altre d'argenti:
E 'l contadin de le fatiche e l'arte
I dolci frutti quasi avea presenti,
Chè già pregna la terra apriva fuori
Del suo gravido sen ricchi tesori;

8
Quando di queste empie locuste tutta
L'ampia campagna il gran diluvio inonda,
E la miri in un tratto, ohimè, distrutta,
Nè vi rimane pur frutto nè fronda;
Fuoco ch'in cener selva abbia ridutta,
Vento che turba il mare e i legni affonda,
Peste ch'apporta al mondo orrida guerra,
Fulmine agguaglian che le torri atterra.

9
Qual, s'una nave giunta quasi in porto
Resta poi in preda al mar ch'irato freme,
Piange il nocchier tutto smarrito e morto
Quanto più già vicina era sua speme;
Così l'agricoltor pallido e smorto
Per le perse sostanze afflitto geme;
I gemiti alternando e i mesti accenti
I figli pargoletti ed innocenti.

10
Là di Cerere bella a terra vanno
Le pompose ghirlande, i ricchi fregi:
Qua con estremo inevitabil danno
Giaccion di Bacco conquassati i pregi;
Nè miglior sorte o più piacevol hanno
Di Pomona i coralli e i doni egregi;

L'erbe tutte, i fiori tutti ed ogni pianta
Il grillesco furore adugge e schianta.

11
Simili effetti fan se nel cervello
d'alcun questi animai pongono il nido;
Chè quanto v'è di buon, quanto di bello,
Corrompon tosto col malore infido.
Quindi è ch'un vecchio sgangherato e fello
Spesso fa dell'Adone e del Cupido,
E cerca, col focil del bianco crine,
Destar amor fra le gelate brine.

12
Altri di poesia pretende il vanto
E per le chiome in pugno aver le Muse,
Ch'ha stil da striglia, sconcertato il canto,
Rime da remo languide e confuse;
Altre aver sdegnarian Venere a canto,
E pur son di beltà Circi e Meduse,
E con l'occhio porcin, col guardo storto,
Credon per loro ogn'uom conquiso e morto.

13
Altri stilla e destilla e in uso mette
Gli alchimisti ordegni e notte e giorno,
Ch'or or fisa il mercurio, e si promette
D'empir d'argento e di fin oro il corno;
Ma le grandi speranze in sen concette,
Nel parto poi col vilipendio e scorno
Si risolvono in aere, in fumo, in nulla:
Così ciascuno il proprio umor trastulla.

14
Altri d'astrologia gli alti secreti
Vuol arrivare, e tanto in alto poggia,
Ch'internato ne gli astri e ne' pianeti,
Col suo cervel fuor di se stesso alloggia:
Ed egli è 'l primo a dar nelle pareti,
Primo cui bagni non prevista pioggia;
Così avvien che ciascuno il capo stilli:
Tante e cose maggior fanno i miei grilli.

15
Ma per annichilar mostri sì fieri
Adopra Roma ogni sua forza, ogn'arte;
Ducento elegge capitani alteri,
Ducento fanti a ciaschedun comparte,
Ch'in vece delle spade e de' brocchieri
Portano ordegni rusticali e sarte,
E scope fatte di fronzuta pianta,

Cui vago il fior con dolce vista ammanta.

16
Portan di bianco lin tela contesta,
Ch'in duo bastoni si dilata e stende,
E a poco a poco in fine angusta resta,
E sul duro terren s'adatta e pende;
Quivi il soldato scopator con presta
Mano raduna il vil nemico e 'l prende;
Nè dall'opera cessa in fin che n'abbia
Un mezzo rubbio nell'ordita gabbia.

17
Poscia a fin che la puzza e 'l gran fetore
Di tanti morti non ammorbi il mondo,
Fan con prontezza d'animo e di core
Più d'un pozzo capace alto e profondo;
E dentro così oscuro e vasto orrore
Chiudono il morto grillo e 'l moribondo;
E ferve l'opra sì, ch'in pochi giorni
Sgombran di questa peste i lor contorni.

18
Di quei, dich'io, che pargoletti ancora
Spiegato al vol non hanno in aria l'ali;
Gli altri non sol difficile, ma fora
Impossibil pigliar con reti e strali;
Però ch'il grillo alato arde e divora
Quanto tocca co' denti empi e mortali,
E vagando per l'aria a suo diletto,
Non può in dura prigione esser ristretto.

19
Cercò di più, da un'onorata e saggia
Prudenza mosso, il gran popol romano
Che questa peste a propagar non aggia
L'anno seguente, chè saria più strano;
E veder fece ogni remota piaggia,
E gli erti monti, e le campagne, e 'l piano,
Per franger l'ova e i sordidi covili
D'animai sì dannosi e così vili.

20
Nè potea già dell'uom l'armi e l'ardire
Far da se stesso opra sì grande e degna;
Ma duopo fu con arte alfin scoprire
L'interne vene della terra pregna;
Dunque i più sozzi armenti, atti a ferire
Col sodo grugno, vi spiegâr l'insegna,
E un millïone, con ardir invitto,
Ne fu guidato a così gran conflitto.

21

Questi col muso e con le zanne acute
Volgean sossopra il mobile terreno,
E con l'innata lor forza e virtute
Rupper quei nidi e quei covili a pieno;
Da loro in somma riportò salute,
Roma la grande, di sì rio veleno;
E per gli anni a venir restò sicura
Dalla guerra de' grilli orrida e dura.

22

Grazïoso animale, io pur vorrei
Lodarti a pien, ma non ho degno stile;
Tu, pargoletto e fatto arrosto, sei
Di carne tutta tenera e gentile:
Tu, fatto grande, grato a i semidei,
Non ch'a la plebe bassa umile e vile,
Che lieta e quasi d'allegrezza pazza,
Nel gustar te tutta s'inebria e sguazza.

23

Ne de' principi grandi a le pompose
Mense hai minor plauso e minor lode;
Ove le carni tue grasse e gustose
In varie guise il convitato gode:
Tanto in somma di gusto in te ripose
Natura, e grazie sì leggiadre e sode,
Che se tocchi non son dalla tua carne,
Non han punto sapor pernici o starne.

24

Mentre il roman con diligenti modi
A riparar le sue ruine attende,
Raspone intanto a partir premi e lodi
Verso i miglior guerrier la cura imprende,
Nè vuol ch'alcun del suo dover si frodi,
«Sapendo ch'il valor più vivo splende
«In magnanimo cor, mentre i più degni
«Chi regge altrui, remunerar s'ingegni.

25

«Sono i premi a virtù virtù novella,
«Dolci di ben oprar stimoli e sproni;
«Qual si mira apparir gemma più bella,
«Se col fin oro la mariti e poni»;
O qual destrier, cui tromba al corso appella,
Cui 'n premio il pallio con l'onor proponi,
Che prevenire il miri i suoi rivali,
E a' piè, qual nuovo augello, impennar l'ali.

26

E prima Gelsomin, ch'al primo tratto
Assalì già Domizïano al fonte,
Colonnello creollo, e in cortese atto,
Dopo molto lodar, baciollo in fronte;
Indi rivolto al capitan Belgatto,
Gli diede e stato e titolo di conte,
Poi che con molta agevolezza e cura
Del giardin regio sormontò le mura.

27

Di stato consiglier creò Fronzillo,
Che fece colpo a null'altro secondo,
Mentre a l'imperador salti di grillo
Fe' far dentro quel fosso imo e profondo;
Fece poi capitan Falcetta e Lillo,
Zerbinel, Zarapica e Torcimondo:
Ciascun famoso, essercitato e degno
Di governar, non ch'una squadra, un regno.

28

L'alfier, fra gli altri, Serpentino ambia
Gran viceré di Puglia esser creato,
E per servitù antica e gagliardia
Non li potea tal grado esser negato;
Ma l'altrui invidia e la sua sorte ria
Oprò che come reo fusse accusato,
E in carcer posto assai rinchiuso e vile
«Così fortuna muta ordine e stile».

29

Come in somma veggiamo esser sovente
Misero e rio de' naviganti il fine,
E de' mercanti flebile e dolente,
Che spesso van di Fallari al confine,
«Così spesso chi tien luogo eminente
«E altrui governa e par ch'ogn'un l'inchine,
«Cade e rovina, e quanto era più in alto,
«Tanto è più fiero e più mortale il salto».

30

E questo avvien perché il dominio toglie
D'ogni ragion, d'ogni onestate il freno
A chi non regge le sfrenate voglie:
Quasi sciolto destrier di furor pieno,
Ch'il crin vago ondeggiante a l'aria scioglie,
Qual di lascivia il move empio veleno:
Empie il ciel di nitriti e di spaventi,
Sfidando il sole alla battaglia e i venti.

31

Trappolin per gran tempo ambito avea
Anch'ei di Puglia il più sublime onore,
E verso lui d'un antico odio adea;
Fu in querelar l'alfier primiero autore,
E fama fu ch'insidïosa e rea
Fosse ogni accusa e di maligno core;
Pur, fosser le querele o vere o false,
Per or l'audace accusator prevalse.

32

Trattosi ei dunque avanti al re, gli espose
De le sue trame l'ordinata tela:
«Signor, — diss'egli, — le mal fatte cose
«Sembra approvar chi le nasconde e cela»;
Però se ben la mente mia propose
Pria di tacer quel ch'ora a te rivela,
Per non parer ch'in rapportarlo avessi
Proprie mie passïon, propri interessi;

33

Pur del publico bene e del tuo regno
Han prevaluto il sommo zelo e 'l diritto,
Or che della mia fe' non picciol segno
Recar ti posso, o mio gran sire invitto,
Col palesarti un traditore indegno,
Ribello e trasgressor del regio editto:
Un di cui 'l più maligno il sol non mira,
Per quanto intorno si rivolge e gira.

34

Serpentin, quel cui la tua regia mano
Di tutta Puglia il gran vessil concede,
Congiurato or col fier Domïziano,
Osa al tuo nome vïolar la fede;
Ei quando al fonte col valor soprano
Ciascun l'assalto memorabil diede,
Al palagio di lui, tacito e solo,
Spiegò, per dar l'avviso, i vanni e 'l volo.

35

Egli i servi accertò del periglioso
Caso del signor loro: egli in quel giorno
A noi tolse di mano il glorïoso
Trionfo, e fu cagion di danno e scorno,
Perch'ucciso quel fiero ed orgoglioso
Nemico, avresti il tuo bel crine adorno,
A par di quel che là su regge e tona,
D'eterno onore e d'immortal corona.

36

Ei fu che tante turbe armate spinse
Contro di noi, che nulla eransi accorte;
E s'io n'intendo il ver, certo ei s'accinse
Per cagionarti, il traditor, la morte,
Acciò l'ambizïon che lo sospinse,
Sfogar potesse per vie inique e torte;
E spento un sì gran prence (ahi caso indegno!)
Di noi s'insignorisse e del tuo regno.

37

Taccio che del tuo erario egli ancor sia
(com'è in effetto) involator rapace,
Strupator di donzelle, ingorda arpia,
E moschicida e rompitor di pace:
E se per chiarir ciò più si desia,
Più d'uno ho in pronto testimon verace,
Ch'ora mi basti aver con brevi modi
Spiegato il tuo periglio e l'altrui frodi. —

38

Ascolta il re con diligenza e cura
Quei detti e 'n fronte alto stupor dimostra.
«Poi sì risponde: — O miseranda e dura
«Condizïon del prence all'età nostra,
La cui vita e virtù sì mal secura
Fra mille rischi ogn'or guerreggia e giostra!
E quei più sono al tradimento intenti,
Ch'avea più fidi e 'n suo servigio ardenti. —

39

Indi ch'in cieco carcere sia posto
Egli comanda il querelato alfiero;
E che di quanto gli vien ora apposto,
Giudice saggio ne ritragga il vero;
E 'l regio fisco, a chiarir ciò proposto,
Diligente v'invigili e severo,
Acciò che senza frodi e senza inganni,
Innocente l'assolva, o reo lo danni.

40

O discesa dal cielo e al cielo intenta
Con gli occhi sempre veneranda Astrea,
Fulmin del ciel che sol fere e spaventa
Gente assueta al mal perversa e rea;
O del mondo tesor, face che spente
Esser non puote, immortal donna e dea:
Nave, senza il cui remo e timon langue
Sommerso il mondo in crudo mar di sangue.

41

Tu dall'istesse irragionevol fiere
Sei spesso (oh nostro scorno!) assai gradita,
Più che dall'uomo rio ch'a suo potere
Qual peste vil ti tien da noi sbandita;
Onde anco avvien ch'un innocente pere
Da la tua spada, e 'n tuo disnor s'addita
Quel che non è tua colpa o della legge,
Ma di chi mal la tua bilancia regge.

42

Solin, del campo auditor soprano,
D'ordine regio la gran causa piglia:
Solin, ch'insieme rigoroso e umano,
Non distorce la legge o l'assottiglia;
Avanti a cui tesse calunnie in vano
Quegli ch'al torto e a oltraggiar s'appiglia,
Ch'a un girar d'occhi e nella fronte scopre
Gl'intimi affetti e li pensieri e l'opre.

43

Desio d'onor, ma non desio l'invoglia
Del sangue altrui per procacciarsi onore,
Come i giudici iniqui, ch'a lor voglia
Corron de gli empi a secondar l'umore;
Purchè l'altiero nome in lor s'accoglia
Di rigoroso, e diano al mondo orrore,
Con man lorde di sangue il crudo strale
Scoccano di sentenza empia e mortale.

44

A quanti ancora il fiammeggiar de l'oro
La vista abbaglia e la ragion confonde,
Sì che l'onesto turbano e 'l decoro
Con benda a gli occhi e con le mani immonde!
A cui tolgon la vita, a cui 'l tesoro,
E per le brame lor vaste e profonde,
«Dal maggior ladro, con contraria sorte,
«Spesso il ladro minore è spinto a morte».

45

Sovra l'esposte e molte altre querele
Formia Solino accorto ampio processo;
De' testimoni candido e fedele
Raccoglie il detto, in schiette note espresso;
Col reo si mostra or placido, or crudele,
Or lungi vaga, or gli guerreggia appresso,
E con tutti gl'indizi uniti insieme,
Stringe, scioglie, argomenta, incalza e preme.

46

Ma così pronto Serpentin risponde
Alle dimande e le rifrange a pieno,
Che sembra scoglio ove percoton l'onde
E caggion ripercosse al mare in seno;
O quercia annosa ch'intime e profonde
Abbia fitte radici entro al terreno:
Quanto sterparla Austro crudel più tenta,
Men le sue scosse e 'l suo crollar paventa.

47

Stupisce il gran Solin quanto più 'l fatto
Con le difese in egual lance appende:
E referisce al re che dubbio affatto
Si scorge il caso e 'l ver non ben comprende;
Con prove interessate il suo misfatto
Provasi, e 'n modo eguale egli il difende;
E mentre il reo accusator pareggia,
Egli in gran dubbio irresoluto ondeggia.

48

Cercato di parlare avea più volte
L'alfier col re, ma fulli ogn'or disdetto;
Pur ottenuto un dì ch'il re l'ascolte,
Fu presentato al suo real cospetto;
Egli prostrato e in atto umil raccolte
Strinse le zampe anteriori al petto:
Stanno i primati mosconacci intenti,
Mentre ei col re ragiona in tali accenti:

49

— Gigantissimo re, cui cede omai
Roma non sol ma tutta Europa e 'l mondo,
E se più mondi il sol, co' suoi bei rai,
Vede girando l'universo a tondo;
Che fin nel centro ov'han perpetui guai
L'alme dannate in quel serraglio immondo
Fra l'armi ultrici a tormentare intente,
Temuto sei col formidabil dente,

50

Timore ardito in me, muta eloquenza,
Servitù antica, grazia ogn'or novella,
Fè ch'in foco d'onor prende eccellenza,
Bontà ch'appare al paragon più bella,
Ponno (cred'io) mostrar la mia innocenza
Che con lingua del ciel da sè favella,
E del mio sol, cui l'altrui nube adombra,
Farvi la luce rimirar ne l'ombra.

51

Dall'opre vive, ch'in tuo merto usai,
M'ordì con odio, altri, immortal, la morte;
E quel notturno augel che fugge i rai,
Si raggirò fra vie fallaci e torte.
Io già gl'indizi tutti a pien purgai,
Come a servo convien fedele e forte;
E se minimo neo, s'ombra vi resta,
Si cancelli oggimai, signor, con questa:

52

Con questa destra a punir gli empi avvezza,
Di Trappolin le trappole, gl'inganni
M'offro scoprire e insiem la candidezza
Della mia fede a voi nota tant'anni.
Io qui lo sfido, e se l'onore apprezza,
Di tesser più calunnie, ahi, non s'affanni;
Ma s'in lui cor, s'in lui valor non langue,
Scriva il processo mio sol col mio sangue.

53

Anz'io col suo cancellarò l'indegne
Lettre che gl'insegnò mastro d'inferno;
Ne tingerò le mie candide insegne
Per mia memoria e per suo biasmo eterno;
Dipingerò l'opre sue rare e degne
Col pennello del ver ch'egli ebbe a scherno;
Notarò ne gli annali in vari carmi,
Ch'egli con fraudi, io guerreggiai con l'armi.

54

E poi che qui 'l fellon presente i' veggio,
(Con vostra pace) io gli dirò che mente
In dir ch'al tuo gran trono, al real seggio
Foss'io rubello e di perversa mente;
Già l'ho provato: or prova altra non chieggio
Fuor che di pugnar seco immantinente,
Per mostrar false e questa e l'altre trame,
Troncando il filo alla sua vita infame. —

55

Anzi, — rispose Trappolin, — tu quello
Sei che ne menti; il traditor tu sei,
Ingiurïoso a tutti, al re rubello
Non una sol, ma quattro volte e sei,
Degno a morir per mano d'un crudo e fello
Boia, e non già per man de' pari miei;
Pure io farò, poich'il morir t'è caro,
Con la tua morte il tuo fallir più chiaro. —

56

Allor disse il gran re: — Se ben non lodo
Guerra civil, ch'incivil fuoco accende,
Pur poichè il caso assai dubbioso io n'odo,
E mal per leggi a terminar si rende,
Anzi qual fu di Gordïano il nodo,
La spada solo sviluppato il rende,
Permetterò tra voi la pugna eguale,
e verdadier sia chi di voi prevale. —

57

Con tal licenza e commune intento,
Al novo giorno differîr l'assalto:
Con aste d'una spiga di formento,
E un grillo per destrier veloce al salto,
E con la spada di forbito argento,
E scudo ed elmo e corazzon di smalto:
Per campo fu, come al re piacque, eletto
Del gran Campo Vaccino il pian soggetto.

58

Vola la fama qual pennuto augello
E più che velocissima saetta,
Ch'il dì seguente un così fier duello
Fra duo guerrier della moschea s'aspetta;
Onde l'un l'altro invita, e questo e quello
D'occupar luogo al grande agon s'affretta;
E in men che corre e rompe un'onda al lido,
Chiaro n'andò per tutta Roma il grido.

59

Ma già l'Aurora, che perduta avea
La scuffia e i crini guerreggiando in Francia,
Con la chioma posticcia or ascendea,
Tutta nel volto scolorita e rancia;
Nè de' soliti rai ma d'ira ardea,
E pregna sol di nubi avea la pancia;
O forse fe' così terribil mostra
Sol per l'orror della futura giostra.

60

E bench'ella, languente, avea desio
Sfogar il duol con lacrimosa pioggia,
Pur sopravenne tosto il biondo dio
Del capo a medicar l'estrania foggia;
Egli da l'onde folgorando uscio
Col manto d'oro a la superna loggia,
E svegliò per veder giostra sì bella,
Non veduta e vedente, ogn'altra stella.

61
Vista l'alba apparir, tosto fu intesa
D'una cicala mia tromba sonora,
Ch'invitando i guerrier, mostra e palesa
D'entrare in campo e di giostrar già l'ora.
Vengono entrambi alla tremenda impresa,
Vago ciascun ch'il suo avversario mora;
E de' destrier grilleschi il moto e 'l salto
Rende più stran, più fier, più rio l'assalto.

62
Già dato il segno, un contra l'altro stringe
L'acuta lancia in minaccevol vista;
L'un contra l'altro il corridor sospinge,
E vibra in van la spaventosa arista.
Vanno al secondo incontro, e tocca e spinge
Serpentin l'elmo a Trappolino e 'l pista;
Ma con far Trappolin botta più bella,
Poco mancò che nol gettò di sella.

63
Corron il terzo arringo, e 'l forte alfiero
Per l'avuta percossa arde e sfavilla,
Onde al nemico dà colpo sì fiero,
Che 'l tocca a vivo, e sbigottisce e strilla;
E se non che fu destro il suo destriero,
E fuggì come suol sdrucciola anguilla,
Senza mostrarsi più valente e forte,
Tratto l'avria quel fiero incontro a morte.

64
Ma 'l fato gli allungò tanto di vita,
Che 'l suo valore dimostrasse in parte:
Onde con rabbia tutta infellonita
Fa prove tal, che sembra Ercole e Marte;
Con forza tremendissima inaudita,
Lo scudo a Serpentin divide e pârte;
E passa l'asta a guisa di saetta,
Troncando al fin tutta una gamba netta.

65
Qual feroce leon, s'acuto strale
Prova, cui fiero cacciator gli avventa,
In tanta smania, in tanta rabbia sale,
Che l'insensato bosco anco spaventa;
Freme co' denti e 'l feritore assale,
E tutto inflegetonta e s'inserpenta,
Giganteggia, s'incerbera, s'indraga,
Nè della propria ferita s'appaga:

66

Tal divenne l'alfier, mentre si mira
Sgambato e 'l peggio aver della tenzone,
Ripigliar campo, e si raddoppia l'ira,
E i gambuti corsier toccan di sprone;
Serpentin l'altro al fin coglie di mira,
E lo leva in un colpo anco d'arcione;
E 'l valente destrier con l'asta infilza,
Con l'asta che passò finno alla milza.

67

Trappolin disse allor: — Ti vanti in vano,
O sciancato fellon, di questo colpo;
Ch'opra questo non fu della tua mano,
Ma solo il fato e 'l mio destin n'incolpo:
Ben ne pagarai 'l fio; già già ti sbrano,
Già già vedrai che ti sminuzzo e spolpo. —
E così crudo aspira alla vendetta,
Per l'aereo sentier volando in fretta.

68

Smonta allor Serpentin che morto vede
Il grillo del nemico in aria errante:

— Chi di mia destra al balenar non crede,
La provi — dice, — or fiera e fulminante. —
Così s'aggirano ambo, e ne succede
Più spedita la pugna e più costante;
E se bene ha già perso e scudo e lancia,
Fa Serpentino più che Carlo in Francia.

69

Ma più d'ogn'altro, alla sua bella Lilla
Di Serpentino il gran periglio spiace;
E fissando ver lui la sua pupilla,
Senza cor, prova al cor fiamma vorace;
Mentre ei perde la gamba, ella si stilla
In pianto, e per dolor qual morta giace:
Lilla di Serpentino amante e sposa,
Bruna ma bella, affabile e vezzosa.

70

Se 'l fiero nemico a l'idol suo minaccia,
Ella di smania e di furor s'accende;
Se lo ferisce, il sangue a lei s'agghiaccia,
e 'l colpo lei più ch'il suo bene offende;
Se move valoroso egli le braccia,
Lieta gli applaude e in vagheggiarlo attende;
Egli nel campo, ella nel petto armeggia:
Egli con l'arme, ella col cuor guerreggia.

71

Ambo impugnando poi l'argentea spada,
Volansi incontro sì che tu diresti:
— Questi sembrano un fulmine che cada,
Un ciel che mandi grandine e tempesti,
Un foco ch'arda la matura biada,
Un fiero Austro ch'adduca ombre funesti,
Un terremoto ch'atterrisca il mondo,
Un mar che freme entro al suo sen profondo. —

72

Attonito il gran re mira e ammira,
E tutto insieme il moscareccio stuolo,
La forza de i guerrier tremenda e dira,
Il gran valor, l'infaticabil volo;
E Marte istesso dal suo ciel sospira
D'acuta invidia, e romoreggia il polo
Per dubbio di costor ch'in fier sembianti
Per che sfidino il ciel, novi Giganti.

73

Lampeggia l'aria al folgorar dell'armi,
A i rai de gli occhi splendidi e feroci;
E cantar sembran bellicosi carmi
I spettatori grilli in mille voci,
Ond'io doler mi posso e vergognarmi
Che non ebbi stil degno a i fatti atroci
Degni d'Omer che dottamente scrisse
De' topi e rane le famose risse.

74

L'uno e l'altro guerrier s'aggira intorno,
E la fulminea spada in giro mena;
Or vola, or s'allontana, or fa ritorno,
Or si riposa alquanto in su l'arena;
Ma Serpentin al fin, chè troppo scorno
Li pare il vincer tardo e troppo pena,
Cala un fendente e 'l suo nemico afferra:
Gli tronca un'ala e lo riversa in terra.

75

E poi che l'ha atterrato, il volo ferma
Anch'egli in terra, chè non vuol vantaggio;
E dice: — O folle, or ch'è la vita inferma,
Renditi a me, se sei prudente e saggio.
Ma pria sviluppa il falso, e 'l vero afferma,
Come a gran torto a me facesti oltraggio;
Quest'una via ti resta; or su ch'attendi?
A me la fama, a te la vita rendi. —

76

Ma Trappolin, se cade, ancor cadente
Il fier nemico suo sfida e minaccia,
Non in guisa di vinto o di perdente,
Ma 'l core ha forte e intrepida la faccia:
— S'io — dice, — ho perso un'ala, al fin ridente
Non te n'andrai, chè serban pur le braccia
Il solito vigore, e 'n questo petto
Timor non cade o di viltade affetto.

77

Tu che pretendi il meglio ed aver vinto,
E false e finte affermi le querele,
Mira se questo colpo è vero o finto,
E se del falso io so squarciar le vele. —
Così dicendo, orribilmente spinto
L'acuto argento a più poter crudele,
D'averlo ucciso crede, ma sol frange
L'elmo. e l'alfiero ne singhiozza e piange.

78

Piange, non già per vil timor ch'egli abbia,
Ma per troppo rispetto usato avanti;
Pianto è 'l suo non di duol, ma sol di rabbia
Ch'il re del colpo il suo nimico vanti;
Ond'eccita il furor, morde le labbia
Con raddoppiati colpi e fulminanti,
E tronca a Trappolin l'orribil testa;
E al vincitor fan gran trionfo e festa.

79

Ordissi intanto aspra, crudel congiura
Contra Domïzian di propri fanti,
Che li dièr morte dispietata e dura,
Ma ben con l'opre meritata avanti.
Oh morte, delle mosche alta ventura
E riposo d'Olinda a i lunghi pianti;
Ch'ella tornò nella bramata terra,
Quelle finîr la perigliosa guerra!

Il fine del quinto ed ultimo canto.